W0348447

Scrittori italiani e stranieri

Daniele Mencarelli

# Fame d'aria

ROMANZO

MONDADORI

Dello stesso autore in edizione Mondadori

*La casa degli sguardi*
*Tutto chiede salvezza*
*Sempre tornare*

Un ringraziamento particolare a Maria Cristina Olati per la cura del testo.

Questo romanzo è frutto dell'immaginazione. Gli eventi di cronaca e i personaggi realmente esistenti o esistiti sono trasfigurati dallo sguardo del narratore. Per il resto, ogni riferimento a persone e fatti reali è da ritenersi casuale.

I versi citati a pag. 90 sono tratti da: *Un sabato italiano*. Testo e musica di Sergio Caputo © 1983 Sugarmusic SpA / Idiosyncrasy Music. Tutti i diritti riservati per tutti i Paesi. Riprodotto su autorizzazione di Hal Leonard Europe BV (Italy).

mondadori.it

*Fame d'aria*
di Daniele Mencarelli
Collezione Scrittori italiani e stranieri

ISBN 978-88-04-76128-0

© 2023 Mondadori Libri S.p.A., Milano
I edizione gennaio 2023

Anno 2023 - Ristampa 3 4 5 6 7

# Fame d'aria

*Dio è un altro*

2000

È pura trasparenza, turchese e smeraldo, l'acqua di Marina di Ginosa.

Pietro cammina, poi corre perché la sabbia è rovente, ha lasciato gli amici ad arrostire sui teli per andare a prendersi una birra.

Sul bagnasciuga non si passa per quanta la gente, ammassata come i dialetti e le risa dei felici e le musiche tutte mischiate sino a farne una sola. O nessuna.

L'amore non è un fulmine.

Questo ha sempre pensato Pietro mentre per il sole di fuoco avanza con occhi semichiusi, il mare che si srotola ai suoi piedi di continuo.

L'amore non è un fulmine.

Poi vede lei.

Bianca. Di nome e di pelle.

Pietro porta una mano sulla voglia di caffè che ha all'altezza del cuore, la nasconde, si nasconde.

Bianca si volta verso di lui.

Il sorriso le sparisce, resta la grazia.

Si guardano.

L'amore non lo conoscevano.

2022

# ATTO PRIMO

# I

La Golf ha duecentoquarantamila chilometri.

Tutt'attorno colline di pietra bianca, e tornanti, e paesi arroccati, pure loro fatti con la stessa pietra senza colore.

Pietro guida, il ragazzo di Marina di Ginosa gli è rimasto negli occhi, ma il viso sotto la barba ingrigita si è prosciugato, la fronte è più alta, i capelli più radi. Era bello, così si diceva una volta.

Un nuovo tornante.

«No.»

Un cazzotto, poi un altro, al centro dello sterzo.

«Non mi lasciare adesso.»

Qualcosa dentro il corpo della Golf ha smesso di funzionare. Pietro prova a ingranare le marce, spinge con foga il pedale della frizione, ma la macchina non risponde più, sul viso un'espressione che vorrebbe farsi pianto.

Dietro di lui un colpo di clacson, poi un altro.

Alla sua destra uno slargo con un cancello, ci si ferma, ormai andava a passo d'uomo.

Si piega sotto il volante per tentare di vedere, capirci qualcosa.

Il pedale della frizione è collassato, prova a tirarlo su con una mano, ma il pedale risprofonda, morto.

Chiude gli occhi, cerca di dominare l'affanno che gli è esploso nel respiro, senza riuscirci.

Scende, le mani sui fianchi, cammina su e giù vicino alla Golf, dal cielo una pioggia leggerissima cade ma non gli dà fastidio, anzi.

Pietro alza il viso verso il tappeto grigio disteso sopra di lui. Si lascia bagnare da quelle gocce grandi come punte di spillo.

A fianco scorrono le macchine, lo guardano come si guarda il nulla, da lontano ecco avvicinarsi un carro attrezzi bianco, Pietro ci pensa un attimo, poi inizia a sbracciarsi, senza più smettere.

«Non faccio servizio stradale.»

Il signore avrà una settantina d'anni, faccia di paese, bellissimi occhi verdi, in tuta da meccanico. Anticipa qualsiasi richiesta, accelera per ripartire.

«Aspetti.»

Pietro poggia le mani sul finestrino aperto a metà.

«Non le chiedo aiuto per me, ma mio figlio in macchina è gravemente disabile, ha bisogno di un bagno, di una bottiglia d'acqua.»

Il padrone del carro attrezzi si sporge per mettere a fuoco.

Nella Golf, sul sedile accanto al guidatore, una figura umana. Un ragazzo, diciotto anni al massimo.

Sembra ascoltare una canzone, il suo busto dondola avanti e indietro.

«Non può stare così per tanto tempo.»

I begli occhi verdi si illanguidiscono.

Il carro attrezzi inizia a fare retromarcia.

Pietro si volta verso la sua macchina, verso quella figura dondolante:

«A qualcosa serve, lo Scrondo.»

Questo dice, sapendo che nessuno lo sta ascoltando.

«Oliviero, piacere.»

Allunga la mano enorme verso Pietro, lui fa altrettanto, la sua a confronto sembra quella di un bambino.

«Credo sia partita la frizione, il pedale non torna più su.»

Oliviero guarda la Golf, è un rottame, non c'è angolo della carrozzeria che non mostri cicatrici, poi i suoi grandi occhi verdi tornano a fissare il ragazzo dondolante.

«Magari è soltanto il filo del pedale che si è usurato e si è rotto. Se è veramente la frizione le conviene rottamarla, l'auto vale meno della riparazione, sicuro.»

La grande catena solleva la macchina.

«Sedetevi accanto a me nel carro attrezzi.»

Pietro ci pensa, poi scrolla la testa.

«Se per lei va bene restiamo nella Golf, meglio non spostare mio figlio.»

Oliviero annuisce, ci è rimasto un po' male, forse.

Il carro attrezzi parte, la Golf agganciata dietro, con il muso alzato.

A Pietro di chiacchierare del più e del meno con Oliviero proprio non andava, che poi si finisce sempre a parlare dello Scrondo, e il come e il cosa e il perché.

Ora si gode il riposo, a guidare è qualcun altro.

Guarda giusto un attimo verso il suo compagno d'auto: ha lo sguardo dritto, perso davanti a sé.

Non occorre essere grandi fisionomisti. Il ragazzo ha il viso di sua madre, di Bianca. Ha la delicatezza dei suoi lineamenti, la stessa carnagione di latte.

Soltanto, lui è come vuoto.

Un corpo vuoto, dondolante.

# II

Sant'Anna del Sannio.

Uno dei tanti paesi di pietra bianca strappata a blocchi dalla terra, una chiesa messa in alto, poi come un presepe scolorito tutto il resto, una manciata di abitazioni, perlopiù chiuse. Ai piedi del paese, una piazza con un alimentari aperto, accanto la farmacia, subito dopo un palazzetto con un paio di vetrine a livello della strada.

"Da Arturo."

L'insegna rossa scolorita sopra la porta d'ingresso questo dice.

Il carro attrezzi va a fermarsi poco distante, di fronte a un grande cancello chiuso. Oliviero scende e lo va ad aprire. Oltre, ecco apparire un capannone malmesso, alcuni trattori, poi scooter, un paio di automobili buttate da un lato, una vecchia Punto e una Skoda, ferme lì da prima del tempo.

Pietro salta dalla Golf ancora attaccata al carro attrezzi, si avvicina a Oliviero che ha iniziato ad abbassare il braccio che tiene agganciata la macchina.

«Prima non c'è stato modo di dirle che a fine mese mi arriva l'auto nuova, però questa mi serve, ora intendo, per arrivare in Puglia, se davvero è il disco della frizione ne può trovare uno ancora buono di sfascio, ovviamente le pago la riparazione, però così risparmiamo parecchio, tanto tempo tre settimane mi arriva la nuova, ma come soluzione d'emergenza per me può andare.»

Ha parlato via via più velocemente, mentre Oliviero, senza mai guardarlo, ha sganciato la catena che teneva attaccata la Golf al carro attrezzi.

Solo ora si gira verso di lui.

«Per me non c'è problema, ma trovare dischi della frizione ancora buoni allo sfascio è come fare un terno al lotto, ci posso provare, di sfasci qua attorno ce ne sono pochi, il più grande è vicino Isernia.»

Pietro accoglie la disponibilità di Oliviero con gioia, sembra quasi sul punto di abbracciarlo.

«Bene.»

«Però oggi è venerdì, io inizio a fare qualche telefonata, anche a trovare subito il disco, ora d'andare a prenderlo e tornare, smontare e rimontare tutto, prima di lunedì non ci pensi nemmeno.»

Il buon umore di Pietro si spegne, sul viso gli resta un sorriso patetico, scuote la testa.

«Io pensavo che con una giornata ce l'avremmo fatta.»

«In una giornata non ce la farebbero nemmeno i meccanici della Ferrari, anzi, loro magari sì, ma io no di certo.»

«E io ora? Con mio figlio?»

Pietro si gira attorno, sopraffatto dalla notizia.

«Chiami qualcuno e si faccia venire a prendere, oppure può provare con un autista privato a Frosolone, dovrebbe esserci, se non è morto di vecchiaia.»

«Io...»

Il sudore si mischia alla pioggia leggera sul viso di Pietro.

«Io mi trovo in un momento di difficoltà», con il capo

indica suo figlio ancora chiuso nell'abitacolo, sempre dondolante. «Per un disguido tra la banca e l'azienda dove lavoro mi ritrovo sino a lunedì con le carte di credito bloccate e pochissimi contanti, sto andando a Marina di Ginosa perché la prossima settimana festeggerò con mia moglie l'anniversario di matrimonio, ci siamo conosciuti lì.»

Pietro prende per un braccio Oliviero.

«Delle carte bloccate mia moglie non sa niente, lei sta a Milano per una visita al fratello, ci raggiungerà direttamente a Marina di Ginosa, ma non voglio allarmarla», fa di nuovo cenno con il capo verso il figlio. «Lei come sente una cosa si preoccupa subito, penso lo potrà capire.»

Oliviero osserva il giovane uomo di fronte a lui, Pietro, i suoi occhi verdi sembra lo stiano pesando, poi il suo sguardo volge alla macchina con il ragazzo chiuso dentro.

Non smette, intanto, la pioggerella di cadere su tutto.

Oliviero gli indica la costruzione dominata dall'insegna "Da Arturo".

«Vediamo se Agata può darci una mano, sino a una decina d'anni fa era anche pensione, magari può prepararle una delle vecchie stanze.»

Pietro si riaccende, poi nei suoi occhi torna vivo qualcosa, e si oscurano, come chi ricorda di essere sconfitto.

«Prendo mio figlio in macchina.»

«Lui è Jacopo.»

Il figlio è poco più alto del padre, che basso non è affatto.

È slanciato, e bello, Jacopo è bello, di una bellezza che può ingannare per qualche istante, poi, anche mentre cammina, non si può non notare il leggero dondolamento, l'andatura da sonnambulo aggrappato al braccio del padre, e la mano sinistra, le dita della mano sinistra, che non smettono mai di passare e ripassare sulla coscia.

Una carezza senza significato.
Un gesto meccanico.
Una stereotipia. Così dissero a Pietro e Bianca i dottori, oramai tanti anni fa.
Jacopo, quando sta in piedi e cammina, non può non compiere quel gesto. Sin da ragazzino, la punta delle dita a fine giornata gli diventa del colore dei pantaloni, e i pantaloni, in quel punto preciso, ce li ha tutti scoloriti.
Una specie di firma della malattia.
«Le serve aiuto?»
Oliviero è di fronte a un male che non conosce, non sa che fare.
Pietro scrolla la testa.
«Ma... che ha?»
«È autistico, a basso funzionamento, bassissimo.»
Oliviero è un meccanico alle prese con parole nuove e complesse.
«L'autismo l'ho sentito, anche qui in paese c'era un ragazzo, ora vive in un istituto perché i genitori sono morti, ma il funzionamento... basso... non l'avevo mai sentito.»
Pietro lo sapeva, ecco perché non ha voluto viaggiare nel carro attrezzi accanto a lui, lo sapeva che si sarebbe finiti sul come e il cosa e il perché.
«Significa che non parla, non sa fare nulla, si piscia e caca addosso.»
A Oliviero non vengono più domande.

# III

Si può viaggiare nel tempo.

Basta entrare nel locale che sta oltre l'insegna "Da Arturo".

In un primo ambiente il bar, dal bancone ai tavoli tutto è ricoperto di formica rossa, si direbbe sospeso alla fine degli anni '70. Oltre una doppia porta si vede una sala ristorante, un rettangolo di duecento metri quadri come minimo, al buio, su una delle pareti un enorme camino, oramai d'arredamento, spento da tempo indefinito.

Come indefinita è l'età della donna dietro al bancone del bar.

Ha i capelli ancora quasi tutti neri, sta parlando con un cliente alla cassa, lo scruta con i suoi occhi di carbone, poi inizia a ridere per chissà quale motivo e tutta la sua alterigia diventa all'improvviso simpatia, se non dolcezza.

«Agata.»

Quando Oliviero la chiama, in un colpo d'occhio lei ha modo di immortalare lo strano terzetto che ha di fronte.

Un conoscente, uno sconosciuto, con un grande borsone al seguito, e un ragazzo malato.

Della simpatia e della risata nulla rimane, ora è di nuovo seria, più che seria, attenta. Non smette di osservare il ragazzo con occhi da sonnambulo e corpo dondolante.

«Il signore ha avuto un guasto alla macchina vicino Pescolanciano, a me serve qualche giorno per provare a ripararla, e siccome lui...»

Oliviero s'interrompe perché il discorso non può che diventare imbarazzante, fa un passo di lato, come un attore sul palco lascia il centro della scena al collega che deve continuare la recita. Il collega è Pietro, ovviamente. Lui parte da un sorriso di buona educazione.

«Buongiorno signora, con mio figlio stavamo andando in Puglia, a Marina di Ginosa, vicino Taranto, quando la macchina ha avuto un guasto. Come dicevo al signor Oliviero, per un disguido tra l'azienda per cui lavoro e la banca ho un problema con le carte di credito, me le hanno bloccate sino a lunedì, così il signor Oliviero ha pensato che lei poteva farci la gentilezza di ospitarci in una camera. Sia chiaro, lunedì mattina le saldo tutto. Mi chiamo Pietro, Borzacchi.»

Agata molto probabilmente non è mai stata bella, il naso aquilino, il mento largo, ma non si può certo negare che i suoi occhi siano una specie di lente d'ingrandimento. Difficile non sentirsi perlustrati, penetrati oltre la buccia dell'epidermide.

«E per andare in Puglia come ci siete finiti qui? Con tutte le autostrade che ci vanno in un quarto del tempo.»

Pietro sembrava pronto a questa domanda, annuisce, placido.

«Mia moglie arriverà a Marina di Ginosa soltanto la prossima settimana. Avendo del tempo a disposizione volevo vedere una parte d'Italia che non conosco, il Molise, poi passare per Altamura, anche...»

«Ho capito, ho capito, come si faceva una volta, tutte

strade statali, vuoi mettere, risparmiando pure i pedaggi delle autostrade.»

Pietro ci prova con tutte le sue forze, cerca di resistere, ma alla fine l'imbarazzo lo vince. Non sa che dire. È come un bambino a cui hanno fatto tana.

«No, ma quello che c'entra.»

Prova a ribattere, ma a lei non interessa, ha cambiato soggetto da studiare. Ora fissa Jacopo, gli guarda il viso, gli occhi privi di ragione, il corpo in eterno, vuoto movimento. Agata serra le mascelle, si contrae, qualcosa dentro di lei vorrebbe uscire, forse commozione, forse qualche domanda più o meno opportuna.

«Buongiorno, Agata.»

Una voce di ragazza fa voltare tutti.

«Buongiorno, Gaia. Stai un po' a sentire.»

Lei si avvicina, è graziosa, sorride, sembra una conferma in carne e ossa del nome che le hanno dato i genitori. Di bello, soprattutto, ha proprio il sorriso, e i denti perfetti, bianchissimi.

«Prendi le chiavi della stanza più grande, dalle una controllata e prepara i due letti, sino a lunedì abbiamo ospiti.»

Gli occhi di carbone di Agata si immalinconiscono.

«Saranno almeno dodici, tredici anni che abbiamo chiuso la pensione, per mio marito Arturo fu un brutto colpo, ora sarà felicissimo, starà facendo i salti di gioia nella bara.»

«Io vado.»

Gaia si congeda, per tutto il tempo ha osservato Jacopo.

«Anche io vado, inizio a telefonare a qualche sfascio, provo a sentire pure degli amici meccanici, le auto sono come i cristiani, ognuna ha i suoi difetti, la frizione della Golf a un tot di chilometri si usura, è come la protesi all'anca che ho fatto io due anni fa.»

Oliviero fa l'occhiolino ad Agata, lei ricambia con un'alzata di mento.

«Posso offrirle almeno un caffè? O quello che vuole, un cappuccino, un cornetto.»

Pietro sembra quasi voler impedire al meccanico di guadagnare l'uscita.

«Non sento ragioni, anche solo un bicchier d'acqua.»

Oliviero non può rifiutare la gratitudine che Pietro vuole dimostrargli.

«Va bene, vista l'ora un bel decaffeinato.»

«A lei preparo qualcosa?»

Agata parte verso la macchina del caffè.

«No, io sto bene così, grazie.»

Oliviero non vorrebbe, ma i suoi occhi vanno di continuo a Jacopo, come quelli di ogni altro essere umano al suo cospetto, almeno di quelli che non sono abituati a vedere certi spettacoli di malattia.

«Di dove siete?»

«Anagni, in provincia di Frosinone, io sono nato lì, mia moglie invece è pugliese, la prossima settimana festeggeremo l'anniversario di matrimonio con i suoi parenti, a Marina di Ginosa.»

Intanto, Agata poggia sul bancone la tazzina destinata a Oliviero.

«Invece, anche solo orientativamente, quanto potrà essere di spesa la riparazione della macchina?»

Mentre sorseggia il caffè, gli occhi verdi di Oliviero vanno per un istante al soffitto, rincorrono numeri, cifre, Pietro cerca di nascondere l'angoscia che quell'attesa gli sta provocando.

«Sempre se troviamo il disco allo sfascio, mettendo che solo quello costerà almeno un centinaio d'euro, più le ore per smontare e rimontare tutto, meno di trecento euro è impossibile, ma trecento euro per il cambio di una frizione è un regalo, se vuole provi a chiamare altri meccanici di zona, o se ne ha qualcuno di fiducia vicino casa sua.»

Pietro alla cifra ha deglutito neanche fosse lui a bere il caffè.

«Va bene, è un prezzo più che onesto, tempo fa è capitato a un mio collega, lui ha una Yaris, con i ricambi originali è finito sopra i mille euro.»

Oliviero alza le spalle, non aveva dubbi.

«Io vado a lavorare, ci vediamo nel pomeriggio e l'aggiorno sulla caccia al tesoro che mi tocca fare, nel caso in cui non trovassi un disco allo sfascio cosa facciamo?»

Pietro meccanicamente fa di no con la testa, la sua è una reazione nervosa, esagerata, per un attimo sembra quasi sul punto di esplodere, poi si domina.

«Non pensiamoci, vedrà che la fortuna ci darà una mano.»

Oliviero e Agata hanno assistito alla strana reazione di quell'uomo appena conosciuto, disgraziato, con un figlio al suo fianco che vive senza vivere, almeno all'apparenza.

Pietro si sente osservato.

«Pago il caffè del signor Oliviero.»

«È decaffeinato, un euro e venti.»

Da una delle tasche posteriori dei pantaloni tira fuori il portafogli. Prima di aprirlo si gira leggermente, quasi a volersi nascondere agli altri, nella mano destra compare una banconota da venti euro.

Agata la prende e la mette nella cassa, poi con velocità da barista di professione gli porge il resto: diciotto euro e ottanta.

«A dopo allora.»

Oliviero si congeda.

«Chiedo anche a lei se può dirmi più o meno il costo della pensione, giusto per regolarmi.»

Agata ci pensa un attimo.

«Calcolando la pensione completa, calcolando che non facciamo più servizio di pernottamento da anni, vista la situazione» e con il capo indica Jacopo, «le faccio cento euro a notte, con colazione, pranzo e cena. Cento tutti e due intendo, cinquanta per uno.»

Pietro annuisce, come per Oliviero non può di certo obiettare nulla.

«Grazie.»

Agata, intanto, è tornata a fissare Jacopo. La sua presenza vuota. Gli occhi di carbone cercano di trattenere la pietà, ma è come una bestia che alla fine riesce a trovarsi un varco.

«Perché sta così?»

Ecco il momento. E il come e il cosa e il perché.

«È autistico. A basso funzionamento, bassissimo.»

Agata fa segno di non aver capito.

«Non parla, da solo non fa nulla, si piscia e caca addosso.»

La scena si svolge per arrivare a un compimento.

Pietro, da grande attore, la ripete ogni volta sperando nel successo, e per lui il successo è uno solo.

Il silenzio.

Togliere al mondo la voglia di parlare, continuare a chiedere.

E anche stavolta la scena si è consumata alla perfezione.

E il successo è arrivato.

Agata non dice più niente.

Torna alle sue cose, a un vecchio che si è avvicinato alla cassa per pagare.

«La stanza è pronta.»

Il sorriso di Gaia distoglie Pietro dal suo inferno abituale.

È aria fresca il sorriso di Gaia.

«Vi faccio strada.»

Pietro, il grande borsone in spalla, la segue con il figlio stretto al braccio.

Il locale del bar da un lato confina con la sala ristorante, sulla parete proprio di fronte al banco, invece, un arco si apre su un altro stanzone, al centro un biliardo un poco malmesso, tutt'attorno sedie e tavolini per giocare a carte.

Gaia lo attraversa, arriva a una porta.

Dietro, un corridoio lungo una decina di metri.

«Me lo ricordo quando la pensione era aperta, sin da ragazzina, questi paesi d'estate si riempivano di tutti quelli emigrati in America e Argentina, ritornavano con le mogli e i figli.»

Mentre parla, Gaia è arrivata alla stanza che ha preparato per i due ospiti.

«E poi come mai hanno chiuso?»

Pietro cerca di mostrare un interesse che non sente, per questo come per ogni altro tema che riguarda l'esistenza.

«Quelli che emigrarono per primi sono morti, i figli e i nipoti giustamente si sentono americani, o argentini, oramai d'estate ne tornano pochi, quasi per niente. E così piano piano il paese ha perso ogni forma d'attrattiva. Ora d'estate e d'inverno sempre settecento siamo, anzi, ogni giorno qualcuno in meno vista l'età media.»

«E lei perché è rimasta? Io non ce la farei in un posto come questo.»

Intanto sono entrati in camera. Due letti singoli, una finestra affacciata sulle colline attorno al paese, il bianco della pietra ora è acceso dal sole apparso in mezzo alle nuvole, poi una scrivania di formica marrone, un armadio a due ante, il bagno con la doccia.

«La stanza è modesta, ma è tutto lavato e pulito. E guardi che vista.»

Pietro cerca di condividere l'entusiasmo di Gaia di fronte al panorama che si apre davanti a loro. Ma non ci riesce, e Gaia se ne accorge.

«Io sono tornata per mia madre. Per sette anni ho vissuto a Napoli, poi mio padre è morto e lei è rimasta sola, ha un po' di acciacchi e di lasciarla senza nessuno non me la sono sentita. Ma io qui sto bene, ho amici che mi vengono a trovare da tutta Italia, una addirittura dalla Norvegia, con la rete e i social non si sta male, io perlomeno ci vivo bene. Come lavoro do una mano ad Agata, per il pranzo, l'unico momento in cui c'è un po' di gente.»

«Mmmmmm.»

Jacopo ha infranto il silenzio in cui ha abitato sinora, un grugnito, il dondolamento usuale si è improvvisamente fatto più frenetico.

«Vuole essere cambiato, se puoi scusarci.»

«Certo.»

Gaia esce velocemente dalla stanza.

Pietro va alla finestra, guarda quello che dovrebbe essere uno spettacolo della natura, poi tira la vecchia tenda marroncina.

Una nuvola di polvere invade l'aria.

# IV

"Oggi, alle 6 e 24, assieme all'alba è nato Jacopo, bello come la mamma, ma con gli occhi furbi del padre."

Questo scrisse Pietro la mattina del 6 maggio del 2004, per comunicare ad amici e parenti che l'amore suo e di Bianca aveva dato al mondo un figlio.

Il parto era previsto per il 2 maggio, ma il nascituro si fece i suoi comodi prima di uscire dalla madre.

«Ancora non è nato e già comanda!»

Fu il nonno paterno il primo a scherzarci sopra. Nonno Sandro. Ex poliziotto in pensione.

Dietro di lui seguirono le battute, per giorni.

E Jacopo, con la sua vitalità indomabile, sembrò confermare queste parole. La famiglia Borzacchi aveva un nuovo padrone. Il suo perfetto corpicino sprizzava un'energia illimitata, di dormire non aveva mai voglia, di mangiare poco di più, ma sempre senza grande appetito.

Per i primi tre mesi, Bianca e Pietro si sfinirono dentro notti senza sonno, orari cadenzati dietro poppate infinite, poi alla mamma andò via il latte e si passò a quello artificiale, con risultati analoghi.

Ma, come l'amore insegna, tutta la stanchezza di moglie

e marito svaniva di fronte alla bellezza della loro creatura, ai piccoli meravigliosi passi della crescita.

Il primo sorriso.

Il primo dentino.

Lo svezzamento, poi il gattonamento, la lallazione...

Quando Pietro ascoltò per la prima volta la voce di suo figlio esibirsi, ancora incerta ma piena di determinazione, in quelle due magnifiche sillabe, *papà*, si sentì realizzato come ogni uomo che si scopre riamato dal suo amore più grande.

Poi venne la notte.

Questa è l'immagine che Pietro ha del suo passato.

Scese, senza furia, un tanto al giorno, una tenebra più fitta della morte.

Lo Scrondo ha riempito il pannolone di merda.

«Schifoso.»

La voce del padre è un sibilo.

Si allunga a prendere i fazzolettini umidificati, li passa e ripassa sulla peluria che il figlio ha ovunque. Ne ha troppa di merda per pulirlo a quel modo, così decide di andare in bagno e aprire la doccia, la regola velocemente, poi torna a prenderlo, lo tira su in piedi, nudo.

Jacopo è un angelo caduto.

Jacopo non è niente.

Il padre lo mette sotto la doccia, poi inizia a cercare un sapone, qualcosa con cui lavarlo.

«Stronza, ha preparato la stanza, stocazzo ha preparato.»

Pietro ce l'ha con Gaia, non c'è nulla in quel bagno, meno che mai una saponetta.

A passo spedito va al suo borsone: a parte i pannoloni, quasi finiti, un pacco di salviette umidificate ancora chiuso e un barattolo di crema allo zinco, non c'è altro.

Poi, in una tasca laterale, una bustina di shampoo: "Hotel Panorama".

Starà lì da almeno una decina d'anni.

Pietro torna dal figlio.

Con lo shampoo gli lava il sedere, bene sotto i testicoli, poi il pene.

La doccia ha il soffione fisso, vecchio, al termine dell'operazione sembra essersi fatto la doccia pure lui, solo da vestito.

Almeno gli asciugamani ci sono.

Con il più grande avvolge il figlio.

Sarebbe bello poter dire che un attimo, almeno uno, è risparmiato.

Un attimo d'amore, uno solo, come un brillante incastonato nell'anello.

Ma sarebbe falso.

Semplicemente.

Dal giacimento di pietra preziosa è stato strappato tutto. Negli altri umani, fortunati, la vena da cui estrarre si rigenera, anche di fronte al dolore e alla malattia, e anche in Pietro è stato così per giorni, anni.

Poi il tesoro si è prosciugato.

Sino a quello che rimane ora.

Come un cratere. Vuoto.

Padre e figlio tornano nella stanza.

Pietro mette a Jacopo un nuovo pannolone, poi gli fa indossare la canottiera che portava, lui si lascia muovere senza opporre reazione alcuna, di tanto in tanto il viso si anima dietro strane espressioni, nulla che rimandi a una volontà di comunicazione, reazioni neurologiche.

«Adesso dormi, dormi subito.»

Il figlio è come un sasso, o un orsacchiotto a grandezza umana.

Asseconda. Tutto.

Capisce niente.

Pietro va alla scrivania, butta sul tavolo il resto che gli ha dato quella strega di barista: diciotto euro e ottanta. Dalla tasca posteriore dei pantaloni tira fuori il portafogli, estrae una banconota da venti euro.

Resta a fissare quei pochi soldi gettati alla rinfusa.

Totale: trentotto euro e ottanta.

Jacopo era stanco, si è addormentato subito.

Da neonato non lo faceva mai.

# V

Pietro vive per questi momenti.

Lo ha sentito dire da un tizio in televisione, uno esperto di cose umane.

Quando un individuo si sveglia, appena si ridesta dal nulla morbido del sonno, ha bisogno di qualche secondo prima di riappropriarsi della sua identità. Per tornare in sé, nella sua vita, attiva ogni senso, a partire dagli occhi che catturano il mondo esterno, gli oggetti che ci appartengono, la realtà. Un processo che arriva a una conclusione naturale: la mente pronuncia il nostro nome.

Noi siamo noi.

Pietro vive per quei pochi istanti di sospensione tra sonno e veglia.

Neanche più l'orgasmo è terra di pace.

Ma quei pochi istanti sì.

Poi, dagli occhi alla mente, dalla mente al cuore, all'anima, se davvero ne esiste una da salvare, tutto torna a essere quello che è.

Si era addormentato. Pure lui.

Meccanicamente va a prendere il telefono, lo accende: sono le diciassette.

Jacopo dorme ancora.

Così, con le palpebre calate, il respiro regolare, sembra un ragazzo come tutti gli altri.

Il padre lo scrolla per un braccio.

Chissà Jacopo chi è in quei pochi istanti di sospensione tra il sonno e la veglia.

Pietro ci ha pensato spesso, per tanto tempo.

Magari, in quegli attimi, indefiniti, infinitesimali, la sua mente è consapevole, sana, poi, invece della ragione, in lui sorge la malattia, la nebbia.

Chissà.

Oppure, anche in quella microscopica parentesi di tempo è sempre lui.

Lo Scrondo.

Il neppure infelice.

Pietro si veste, deve ricordarsi di passare dal meccanico per tirare fuori dalla Golf il "kit abbigliamento d'emergenza". È da quando lo Scrondo aveva cinque anni che la famiglia Borzacchi, ovunque vada, si sposta con quella sacca nel portabagagli.

Un cambio per ogni membro della famiglia.

E si contano a decine le volte in cui il kit è stato, più che utile, indispensabile.

Ora deve vestire il figlio.

Il maglione di cotone leggero, poi i pantaloni, infine le scarpe con gli stretch.

Da sempre le porta con quel tipo di allacciatura, su consiglio del neuropsichiatra e degli specialisti, perché, a sentir loro, con la terapia sarebbero arrivati a quel traguardo: fargli mettere le scarpe.

Aprirle e chiuderle.

Uno dei tanti traguardi promessi e mai raggiunti.

Padre e figlio entrano nel bar.

Solo Agata dietro il bancone, con uno straccio sta ripulendo la macchina del caffè, si accorge dell'arrivo dei suoi ospiti.

Fuori le vetrine rimandano un cielo diventato notte.

«Prima che mi dimentichi, mi deve dare un documento, la devo registrare, il paese è come una famiglia, di quelle dove ci si avvelena il piatto a vicenda, devo farle pagare la tassa di soggiorno, per volere diretto del sindaco.»

«Va bene.»

«Ah, Oliviero, il meccanico, l'ha cercata, le conviene andarci, a breve se ne va a casa.»

Pietro tira fuori il portafogli, consegna la carta d'identità alla signora, poi ne tira fuori una seconda, quella di suo figlio.

Agata fissa la foto di Jacopo, lì era di qualche anno più piccolo, lo sguardo inerme sempre lo stesso, lei prova a leggere i dati riportati sulla plastica ma non ci riesce, la deve allontanare dagli occhi.

«Quelli che hanno fatto queste nuove carte d'identità andrebbero premiati con un anno di lavori forzati, per leggerle devi essere un'aquila, non lo sanno che in Italia siamo più vecchi che giovani?»

Aguzza gli occhi di carbone.

«Jacopo. Bel nome.»

Torna a fissare il ragazzo.

Pietro prende il figlio per un braccio, vuole andare di corsa da Oliviero.

«Lo lasci qui se vuole, lo guardo io.»

«La ringrazio, ma non ama essere lasciato solo, le situazioni nuove lo mettono in agitazione, si innervosisce, inizia a urlare, a correre.»

Agata non ha nulla da ridire.

Oliviero è accanto a un lavandino di marmo, una volta bianco, ora totalmente incrostato di sporcizia e grasso di anni. Si sta passando la pasta lavamani per bene in mezzo alle dita, ovunque.

«Buonasera, mi ha detto la signora che mi cercava.»

Lui è colto alla sprovvista, scatta, si piega come dovesse difendersi da qualcuno.

«Madonna, non v'ho sentito arrivare.»

Mette le mani sotto il getto d'acqua, poi strappa un pezzo di carta da un grande rotolo bianco.

«Mi dovrebbe pagare una cena solo per quanto sono stato al telefono, non c'è sfascio in tutto il Molise che abbia un disco della frizione della Golf, almeno non del suo anno.»

Pietro si spegne, gli occhi vanno al pavimento, è come svuotato. Oliviero lo scruta, poi sul faccione gli compare un mezzo ghigno.

«Allora ho iniziato a chiamare i carrozzieri che conosco. Uno, a Trivento, ha una Golf buttata nel capannone da anni, incidentata. Non ha nemmeno quarantamila chilometri, in pratica ha la frizione nuova.»

Pietro è Lazzaro tornato tra i vivi.

Quando sorride diventa un altro, per la gioia si stringe al braccio del meccanico, pure lui contento per la missione che è riuscito a compiere.

«Quest'amico carrozziere ha messo un ragazzo a smontare il disco, me lo portano domani verso le undici, i tempi si allungano un po', ma anche se è sabato, il pomeriggio magari posso fermarmi a lavorarci qualche ora di più. Tanto come può vedere non è che qui attorno c'è granché da fare.»

«Glielo chiedo come favore personale, al massimo per lunedì sera devo essere a Marina di Ginosa, nel caso posso darle cinquanta euro in più, arrivo a trecentocinquanta.»

Oliviero annuisce.

«Va bene, ma le macchine sono come le case, quando inizi a metterci le mani non sai mai quello che ti aspetta; quindi, se dovesse uscire qualche sorpresa non se la prenda a male.»

«Speriamo di no.»

«Ora mi faccia chiudere, devo passare in farmacia per mia moglie.»

«Prendo soltanto una cosa dal portabagagli.»

Con il borsone del "kit abbigliamento d'emergenza" in spalla, Pietro e Jacopo si ritrovano nella piazza deserta.

Al centro una rotatoria, da una parte la strada scorre in discesa, verso valle, dall'altra si inerpica su per il paese.

Eccetto il neon verde della farmacia e un paio di lampioni, tutto è sprofondato nel buio, l'alimentari ha già chiuso. In alto, nelle case arroccate una sull'altra, qualche luce accesa, poche.

«Che cazzo di posto.»

Dal cielo, ecco di nuovo la pioggia, di nuovo impalpabile.

Su tutto un silenzio immobile.

Di pace. O da impazzire.

# VI

«Prima che mi dimentichi.»

Agata, appena Pietro e Jacopo rimettono piede nel bar pensione, gli restituisce le carte d'identità.

«Vi ho registrato, la tassa di soggiorno è di un euro a notte ciascuno.»

Il grande orologio proprio sopra la cassa segna le 18.40, al posto dell'aroma di caffè ora nell'aria è forte il profumo di soffritto.

«Se dovete passare in camera andate pure, per le sette butto la pasta, stasera ci sono rigatoni al pomodoro, poi cotoletta o polpette, niente antipasto, né dolce, nel prezzo che vi ho fatto c'è incluso anche caffè e mezzo litro di vino. Io ceno presto perché dalle otto in poi arriva gente a giocare a carte e a biliardo.»

Pietro nota due tavolini apparecchiati nella grande sala ristorante accanto al bar.

«Non c'è problema, non abbiamo bisogno di passare in camera. Se per lei va bene ci andiamo a sedere.»

«Certo.»

Ogni cosa, fotografia ingiallita, quadri e poster, così come il mobilio, i ninnoli sopra il camino, e ancora più sopra la testa di cinghiale in bella mostra, tutto in quella sala ristorante sa di un passato andato via per sempre. A partire dal vecchio proprietario, Arturo, facile per Pietro individuarlo, unico soggetto sempre presente in ogni foto, in molte c'è anche Agata, più giovane, non più piacente di ora. Sempre uguale, semmai.

Pietro fa accomodare Jacopo, poi, per ammazzare il tempo, inizia a scorrere le immagini sulle pareti. In tante si vedono uomini vestiti di verde, fucili in spalla, fieri di fronte alla selvaggina catturata. In una si vede Arturo, sempre lui, con una decina di fagiani ai suoi piedi, un sorriso di gioia, anzi, gloria, gli accende il viso in carne.

In altre foto la protagonista è proprio la sala, piena zeppa di gente, dentro matrimoni di paese, baci e abbracci, bicchieri alzati in brindisi pieni di contentezza.

Pietro si domanda se di quelle vite immortalate ce ne sia qualcuna che ancora respiri su questa terra. I bambini senz'altro, gli anziani saranno tutti andati via.

Resta assorto, ipnotizzato, dietro lo sguardo di una vecchia diretto in modo brutale verso l'obiettivo. Sta odiando il fotografo che la fermerà per sempre in quello scatto.

«Per secondo polpette o cotoletta?»

Agata arriva con due piatti fumanti, li poggia sulla tavola.

«Polpette, grazie.»

Se il sapore della pasta è anche solo metà del profumo che sprigiona sarà buonissima, Pietro assaggia un rigatone, per farlo si scotta la lingua: ora ha la conferma.

Prima di cominciare a mangiare deve avviare lo Scrondo, lo deve caricare come si fa con un orologio, o un carillon.

Tutte le terapie a pagamento fatte nel corso degli ultimi anni, quasi quattordici, hanno raggiunto pochi degli obiettivi promessi. Ma questo sì.

Forse perché mangiare è una necessità basilare, poi perché il gesto che si deve compiere per portare la forchetta alla bocca è meccanico, sempre lo stesso.

L'avviamento al pasto è elementare, Pietro prende la mano destra del figlio, gli mette in mano la forchetta, poi compie per una, due, tre volte il tragitto dal piatto alle labbra.

Jacopo, puntualmente, sembra scoprirsi dentro il contatto con il metallo freddo della posata, altrettanto stupore esprime nel vedere il suo braccio compiere il percorso verso la bocca. Vive tutto, ogni volta, come fosse la prima volta.

Poi si rende autonomo, per modo di dire.

Pietro deve comunque inforchettare il boccone che lui ingoierà, sporcandosi come fa un bambino di pochi anni, dappertutto.

La pasta piace pure a Jacopo.

Quando la pietanza non è di suo gradimento, molto semplicemente, smette il gesto meccanico: portare la forchetta alla bocca.

Allora lo si deve imboccare.

Per fortuna, però, mangia quasi tutto.

Di bere da solo, invece, non se ne parla. Moglie e marito ci hanno provato, per qualche anno, l'acqua da raccogliere era di gran lunga superiore a quella che riusciva a mandare giù.

Agata arriva con il suo piatto di pasta, si siede al tavolo accanto a quello dei suoi due ospiti, prima di mangiare scambia un sorriso di cortesia con Pietro.

Altri umani, a vedere quella donna da sola dentro una sala piena di spettri, a immaginarla senza compagnia alcuna, come molto probabilmente le accade di solito, si farebbero prendere dalla compassione.

Una stretta al cuore.

Un moto di vicinanza, per lei e la sua solitudine.

Pietro no.

Lui osserva la vita che gli scorre davanti agli occhi come un film, di quelli brutti, fatti male, dove il sangue non è sangue e le lacrime non sono lacrime.

Un film dell'orrore.

Visto e rivisto.

«Complimenti, soprattutto per la pasta.»

Pietro non prova più nulla, ma resta una persona educata, un figlio di poliziotto non può essere diversamente. Inoltre quel piatto andava onorato, Bianca ha mille, milioni di pregi, ma un sugo così non le riesce spesso.

Agata ringrazia con un gesto del capo, ma, come tutti, di fronte a Jacopo Borzacchi non può che finire di nuovo inghiottita dalla visione.

Lo Scrondo ha finito di mangiare, il sugo gli copre parte del viso, Pietro con la salvietta glielo toglie, sulle guance resta l'unto, lucido, ma il rosso almeno se n'è andato.

«Certo deve essere una fatica continua, un lavoro.»

Agata scruta padre e figlio dicendolo più che altro a se stessa.

«A me e Arturo i figli non sono venuti, ora uno, anche due, mi sarebbero serviti per mandare avanti il bar, ma è andata così.»

Pietro beve l'ultimo bicchiere del mezzo litro concesso dalla sua pensione completa, non dice nulla, si limita ad assecondare le parole della padrona di casa.

«Immagino lei e sua moglie avrete qualcuno che vi dà una mano, da soli dev'essere impossibile.»

Una smorfia indecifrabile, che diventa lentamente un sorriso, sottolineato dalla testa che annuisce senza mostrare dubbi.

«Abbiamo tutto l'aiuto che ci serve, dalla mia famiglia e da quella di mia moglie, non ci possiamo lamentare, lo dico veramente.»

Pietro sorride, alle sue parole viene da credere. E Agata ci crede.

«Be', nella sfortuna almeno un po' di braccia di sostegno, ringraziamo il cielo.»

Lui spalanca gli occhi.

«Ah, ecco, m'ero dimenticato il cielo, pure lui ci aiuta, tutti i giorni ci fa sentire la sua presenza, santa.»

Sempre quel sorriso plastico gli dipinge la bocca.

Agata, ora, è meno sicura di quello che sta ascoltando. Osserva l'uomo che ha di fronte cercando di decifrarlo, per quanto possibile, lui e il senso delle sue parole.

«Se posso, di che si occupa?»

Pietro non perde quel buon umore che di buono, via via che passa il tempo, non sembra avere nulla di vero.

«Lavoro per un'azienda che produce elementi in plexiglas, sono un disegnatore, un grafico.»

Lei non ha capito bene nel dettaglio, ma accoglie l'informazione con piacere.

«Be', nella sua condizione, almeno la certezza di un lavoro è tutto, e sua moglie?»

«Ha proprio ragione: il lavoro è tutto, scherza? Poi a tempo indeterminato, senza saremmo rovinati. Mia moglie invece non lavora, sta dietro a nostro figlio, era pure laureata, in scienze politiche.»

Oramai è evidente quanto sia falsa, sarcastica, l'allegria di Pietro.

Agata ci resta male, si sente presa in giro. Si alza di scatto verso il tavolo dei suoi ospiti, inizia a sparecchiare senza dire più nulla.

Impila i piatti uno sull'altro, poi, però, si ferma.

Non era mai stata così vicina a Jacopo.
Ai suoi occhi, come di cera, al bel viso innocente.
Ancora una volta non riesce a trattenere la pietà, una mano parte verso la guancia del ragazzo.
«Non lo tocchi.»
Adesso le parole di Pietro sono secche, inequivocabili.
«Non ama essere toccato da estranei, si innervosisce e diventa imprevedibile.»
La mano di lei resta sospesa, poi torna indietro.
«Non c'è nessuno qui?»
Dalla sala del bar irrompe la voce di un uomo, bassa, con dentro qualcosa di imperioso quanto molesto.
«Arrivo, un attimo!»
«Ecco il presidente della Repubblica» dice la padrona di casa rivolta a se stessa.
A Pietro non lo degna più di uno sguardo.

# VII

Un completo grigio, cravatta celeste su camicia blu scuro.

Scruta Pietro e Jacopo come fossero due animali dello zoo, di quelli esotici e mai visti dal vero.

«Ah, me l'ero dimenticato, Agata dopo tanti anni ha di nuovo ospiti alla pensione.»

Lo sguardo indagatore fa una piroetta, ora si produce in un sorriso da manifesto elettorale.

«Sono Agostino La Rosa, il sindaco di Sant'Anna del Sannio, è un piacere.»

I capelli corti sono di un colore indefinito, un nero a tratti mogano. Tutto di lui vorrebbe sapere di giovinezza ancora in corso, ma il risultato è qualcosa che va ben oltre il patetico, perché la faccia, ed è la faccia che al dunque conta, è quella di un signore imbolsito, con nulla di buono negli occhi.

E anche poca intelligenza.

Dopo aver stretto la mano a Pietro, rimane con la destra sospesa nell'aria in attesa che Jacopo gliela stringa.

Ci mette un po' a capire.

Quando ci arriva, il sorriso perde di smalto.

Ritira la mano quasi seccato.

«Sono arrivati?»

Agata scrolla la testa.

«Qui la sera non c'è molto da fare, con gli amici di sempre ci ritroviamo a giocare a biliardo e a carte qui da Arturo, intanto che arrivano gli altri andiamo a scambiarci due chiacchiere.»

Il sindaco La Rosa prende sottobraccio Pietro, che a sua volta allunga il braccio per portarsi appresso lo Scrondo.

Entrano così nella sala biliardo.

«Lei gioca? 125? O è più da carambola?»

«L'ultima volta che ho giocato sarà stato trent'anni fa.»

Pietro ha dovuto schiarirsi la voce prima di parlare, intanto fa sedere il figlio.

«E la Madonna! Come trent'anni! E che ci giocava da bambino! Scusi ma perché, quanti anni ha?»

«Ho compiuto cinquant'anni lo scorso maggio.»

Il sindaco sembra caduto dentro la più tragica delle notizie. Ammutolisce. Non può credere a quanto ha sentito.

«Lei ha cinquant'anni?»

«Sì.»

Silenzio. Nell'aria solo il dondolio dello Scrondo sulla sedia che cigola.

«Ha otto anni meno di me.»

La constatazione per il sindaco è un inferno in terra.

Improvvisamente è imbarazzato, guarda il suo quasi coetaneo appena conosciuto in jeans e camicia, sneakers ai piedi.

Più che coetanei, sembrano padre e figlio.

«Ecco lo scopatore mascherato!»

Una voce entra prima del suo padrone nella sala biliardo.

L'uomo, in divisa da vigile urbano, appena varcata la soglia si accorge che il sindaco è in compagnia, per la vergogna si ingobbisce, su un tavolo butta il cappello d'ordinanza, alla luce della lampada del biliardo si accende la sua testa rotonda, totalmente calva, senza un capello che sia uno, anche sui lati dove di solito resistono.

Di nuovo, nell'aria solo il dondolio dello Scrondo su sedia che cigola.

«Lo deve scusare, noi siamo come orsi, tra maschi qui da Arturo si scherza, lo avrà visto pure lei, Sant'Anna è un cimitero, è un paese che nel giro di vent'anni non esisterà più.»

Il sindaco ha riacquistato la sua diplomazia di dubbio rango, non sa che a Pietro non interessano le sue spiegazioni.

«Buonasera.»

Un terzo uomo entra nella sala biliardo.

Ha il naso affilato come la punta di un coltello, poi due baffi spioventi che gli coprono totalmente la bocca.

Guarda Pietro, un gesto di saluto reciproco con il capo, poi si fissa sullo Scrondo, anche il sindaco e l'uomo in divisa da vigile urbano vanno con gli occhi sul ragazzo.

Un lungo sospiro da parte del nuovo arrivato.

Ma non di pietà.

Quanto scocciatura.

Il fastidio che quei due sconosciuti gli hanno provocato è palese, soprattutto quello spettacolo di natura che dondola sulla sedia, occhi nel vuoto, con le guance lucide di unto e la maglietta con macchie di sugo.

«Vai Luciano, prendi il triangolo che sennò si fa troppo tardi, stasera il dottore non viene, ha il compleanno del nipote.»

Il vigile urbano scatta su ordine del sindaco, lui prende una stecca dalla rastrelliera e inizia a passare il gessetto azzurro sulla punta.

«Ora pensiamo a giocare.»

«Insomma questa era delle parti di Campobasso.»

Mentre si appresta al tiro, il vigile urbano continua un

discorso che va avanti da parecchio. Il fumo delle sigarette riempie la sala biliardo.

Pietro osserva l'ora sul telefono.

Manca poco alle undici.

«Gli dico "si rende conto che ha violato almeno dieci articoli del codice della strada in una manovra sola?", e lei mi risponde "ed è tanto grave?". "Grave?" gli faccio. "Per lei duemila euro di verbale e il ritiro della patente è abbastanza grave?"»

Il vigile doveva imbucare la dieci blu strisciata nella buca di centro, ma tira troppo forte e la palla rimbalza sull'angolo della sponda.

«Guarda per parlare che cazzo mi sono mangiato. Vabbè. Lei allora poggia, proprio poggia, le tette sul finestrino, resta con la bocca semiaperta, la dovevate vedere, e mi fa: "Per favore, troviamo una soluzione, mio marito m'ammazza", e mi piazza gli occhi all'altezza del pacco, giuro.»

«Come no! Proprio il pacco! E dicci, dicci, com'è finito il film porno?»

Il sindaco assesta la battuta, lui e naso affilato scoppiano a ridere.

«Prendete pure per il culo, quella era disposta a tutto, aveva due occhi da assatanata.»

Intanto si appresta a tirare naso affilato.

«Ma 'sto film porno com'è finito? E diccelo. Anche il signore che viene da fuori ormai vuole sentire la fine della storia!»

Pietro, chiamato in causa, sorride, in fondo pure a lui quel clima da camerata non dispiace, è da tanto tempo che non vive una situazione del genere.

Il vigile urbano alza le spalle.

«Com'è finita? E come dev'essere finita? Gli ho fatto il verbale. Piangeva come una disperata.»

«Bravo Luciano. Con la strada non si scherza, l'amministrazione spende tanto per la sicurezza stradale, ma poi i cittadini ci devono dare una mano.»

Il sindaco è tornato improvvisamente sindaco.

Lo Scrondo dà un colpo di tosse.

Poi un secondo.

Forse la saliva di traverso, forse tutto il fumo di sigaretta.

A guardarlo, come fa ora suo padre, ha gli occhi parecchio arrossati.

Inizia a tossire sempre più forte.

Pietro gli dà un paio di colpetti alla schiena, ma lui non smette. Ci vuole dell'acqua, purtroppo nella sala ci sono solo i bicchierini, vuoti, delle grappe bevute dal sindaco e i suoi amici.

A ogni colpo di tosse, a ogni tentativo, inutile, del padre di farlo smettere, risponde lo sguardo sempre più imbarazzato dei tre uomini.

«Lo porti a bere.»

È Luciano il primo a suggerirlo.

«Sì, poi qui dentro non si respira» continua il sindaco.

Pietro si alza, prende lo Scrondo per un braccio mentre lui continua a tossire, rosso in volto per lo sforzo.

«Buonanotte.»

I tre salutano a gesti.

Nel bar, addormentata come i bambini delle scuole elementari sul banco, c'è Agata.

Riposa con la testa poggiata su un tavolino.

Al primo colpo di tosse che esplode nello stanzone si alza di scatto.

Le basta uno sguardo per capire, e reagire. A passi svelti varca il bancone per poi accucciarsi ai frigoriferi bassi, ricompare con una bottiglia in vetro di acqua minerale.

La passa a Pietro assieme a un bicchiere.

Lui prontamente fa bere il figlio.

«Quegli sciamannati fumano come ciminiere, la finaccia di Arturo non gli è servita da lezione.»

Jacopo beve, lentamente il viso torna al suo colore chiaro, lunare.

«Domani a che ora c'è la colazione?»

Lei dà un'alzata di spalle.

«Quando volete, io dalle sei sono aperta, sempre qui mi trovate.»

«Porto la bottiglia in camera, se per lei va bene.»

«Certo.»

Pietro si incammina con il figlio al seguito.

Agata li guarda allontanarsi.

Con una mano tenta di togliersi un poco di sonno dagli occhi.

# VIII

I genitori dei figli sani non sanno niente.

Pietro sfila i pantaloni a Jacopo con un gesto secco, preciso, fa venire in mente quei giocolieri che tolgono la tovaglia dal tavolo lasciando sopra piatti e bicchieri, la perizia del gesto è frutto d'esperienza e continua pratica.

Jacopo si fissa su di lui per un momento più lungo del solito, sembra improvvisamente consapevole.

Il padre per tanto tempo ha vissuto questi suoi sguardi all'apparenza lucidi come la vigilia di un possibile risveglio, quello che lui ha desiderato per anni.

Lo ha desiderato come si può desiderare un miracolo.

Si è prosciugato gli occhi a forza di chiedere anche quello.

Un miracolo.

Un figlio normale.

Non un estraneo pure a se stesso.

Che vive e ama da animale, legato al proprio branco dall'odore, per istinto.

Ma l'amore degli uomini, persino l'amore, richiede un minimo di ragione, di intelletto.

Pietro su questo non ha più dubbi.

Lo Scrondo ama da bestia.

Non si stacca mai da chi lo ha generato.

Come un cucciolo di cane che segue passo passo chi lo alimenta e protegge, da sempre.

Il miracolo non è mai arrivato.

Come unica risposta, da est è spuntato l'odio.

Ha ricoperto tutto, i sani e i malati, la vita intera.

Per anni è stato così.

Poi pure l'odio è tramontato.

Resta la rabbia, quando esplode.

Lo Scrondo è ancora sveglio.

Fissa il soffitto, immobile, in fondo il suo stato di veglia è già di per sé una specie di sonno.

Pietro è a letto, pure lui pronto a chiudere la giornata, guarda al telefonino le previsioni a Marina di Ginosa, non solo il meteo ma anche quelle del mare.

Le notizie sono buone: malgrado sia novembre, lunedì dovrebbero esserci venti gradi come temperatura massima, sole splendente e mare calmo. Il display si scurisce, il telefonino ha finito la riserva di energia e fra trenta secondi si spegnerà, nello stesso istante gli arriva la notifica di un messaggio, decide di metterlo in carica, è troppo stanco per fare qualsiasi cosa. All'improvviso scatta, si tira su dal letto, in mutande e canottiera si mostra in tutta la sua magrezza. Peserà al massimo una sessantina di chili. Le scapole gli spuntano sotto il bianco del cotone. Afferra la maglietta del figlio, sporca di sugo, va in bagno e la mette nel lavandino, con il tappo di gomma secca chiude il lavabo.

Apre la manopola dell'acqua calda, gli si ripropone il problema che ha avuto per lavare lo Scrondo: non c'è niente in quel bagno, a partire dal sapone. Nel box doccia vede la bustina dello shampoo che ha usato per fargli il bidè.

La prende e la strizza al meglio che può sulla maglia.

Escono un paio di gocce.

Smuove l'acqua per fare un po' di schiuma.

Il risultato è pari a zero.

Decide di lasciarla a mollo.

Torna al suo letto.

Il figlio si è addormentato.

Un brivido lo fa improvvisamente stringere fra le braccia, gli è preso freddo, Pietro si mette sotto le coperte, si copre fino alla testa. Tutto accovacciato, in posizione fetale.

A guardarli, ora, il figlio sembra il padre.

Il padre un bambino.

# ATTO SECONDO

# I

Alla fine degli anni '80, in un programma di Italia 1, comparve un nano verde, erotomane quanto maleducato, lui e il suo dialetto romano di borgata, osceno, orribile.

Il re dei freak.

Lo Scrondo.

Pietro era un adolescente e se ne appassionò, lo faceva morire dalle risate, così scorretto, volgare, in fondo come tutti gli adolescenti vorrebbero essere, ubbidiente solo alla sua vorace tempesta ormonale.

Negli anni, nel lessico del ragazzo via via uomo, questo termine rimase.

Per nominare gli strani, gli irregolari, gli anormali.

I mostri.

Un soprannome cattivo, da affibbiare per trarre dalla disgrazia altrui una battuta.

«Guarda quello come cammina!» «Ma quello come parla!» «Guarda che brutto!»

Per ognuno, Pietro aveva il nome pronto.

Con gli amici faceva sempre centro.

«Guarda quello che Scrondo!»

E giù a ridere come pazzi.

Preistoria.
Poi arrivò Bianca.
Jacopo.
E quel soprannome cattivo divenne per Pietro un rimorso da venerare ogni notte.
La colpa era sua. Per tutti quelli che aveva battezzato con quel nome. Glielo diceva sua madre, prima di morire, che il male altrui va rispettato.
Ed ecco la condanna.
Occhio per occhio, Scrondo per Scrondo.
E a lui era capitato il principe, l'erede al trono.
Il più Scrondo di tutti.
Quello che nemmeno parla, nemmeno pensa, mentre con buona precisione si piscia e caca addosso.
Soltanto Pietro, ovviamente, sa che suo figlio ha smesso di essere Jacopo da tanto tempo.
Anche quella oramai è storia lontana.
Ricorda il momento preciso, la cicatrice che glielo rammenta è nel suo cervello.
Sino ad allora aveva impedito a se stesso di sovrapporre al nome del figlio quello dello Scrondo, anzi, semmai aveva lottato per gridare al mondo che non lo era, e quanto ci aveva creduto, sperato.
Una mattina, Jacopo avrà avuto al massimo dieci anni, iniziò a cadere dentro la vasca da bagno di casa, provava a mettersi in piedi e poi giù, di nuovo.
Una culata dopo l'altra.
Pietro passò dal pianto al sorriso.
Sentì nel cuore una frattura, percepì il momento esatto in cui l'amore divenne altro.
«Scrondo.»
«Scrondo.»
In quel momento, anche il suo dolore, quello che lo ac-

compagnava dalla prima volta in cui gli comunicarono che il figlio era malato, assunse altra forma.

Da dolore a repulsione.

A odio.

«Potreste mettere il sapone e lo shampoo nel bagno? Non c'è niente.»

Agata sta poggiando sul banco del bar un caffè e un cappuccino per una coppia molto anziana.

«Buongiorno. Dormito bene?»

Pietro si rende conto di essere stato sgraziato. Al suo fianco c'è Jacopo, con un maglione blu e rosso, quello del "kit abbigliamento d'emergenza", lui invece è vestito esattamente come ieri.

«Buongiorno, sì, abbiamo dormito bene, solo che ieri la ragazza si è dimenticata di mettere nel bagno...»

«Ho capito. Appena arriva Gaia la mando all'alimentari qua vicino e risolviamo. Che vi porto per colazione, che prendete?»

Nella vetrina trasparente del bancone fanno bella mostra cornetti vari, poi danesi, un paio di sfoglie.

«Per me caffè, per Jacopo un latte bianco, e due cornetti semplici.»

Vanno a sedersi.

Il bar si riempie a folate, ora è abbastanza pieno, per la prima volta fra i clienti ci sono dei ragazzi, due maschi e una femmina, in attesa del loro turno.

Sono vestiti esattamente come quelli che vede ad Anagni. Pietro resta colpito soprattutto dalle scarpe che portano. Una volta, prima che prendessero l'appellativo inglese, "sneakers", si chiamavano molto più alla buona "scarpe da ginnastica". E anche il prezzo era molto più alla buona, popolare. L'ultima volta che hanno comprato quelle dello Scrondo, in un grande centro commerciale accanto all'autostrada, è rimasto senza parole a vedere il prezzo del modello che uno dei tre ha in questo momento ai piedi.

Centonovanta euro.

Lui con quella cifra sfama moglie e figlio per quasi tre settimane.

Ma lui è un economo come pochi altri sulla faccia della terra.

Più che economo, un esperto di sopravvivenza, o più semplicemente un povero.

Agata arriva con un vassoio, poggia caffè e latte, poi i due piattini con i cornetti.

«Buon appetito.»

Dalla porta, intanto, si è affacciato Oliviero.

Cercava proprio Pietro, si avvicina al tavolo dove siede con il figlio.

«Gliel'hanno portato il disco?»

Il meccanico scrolla la testa.

«Gliel'ho detto, se tutto va bene mi arriva in tarda mattinata, intanto ho smontato la macchina, così appena me lo consegnano lo posso sostituire. Ma non è per questo che sono qui. Da quanto non fa controllare l'impianto GPL? A partire dal serbatoio mi sembra messo male male, io non lo tocco perché non ho i permessi, ma è un rischio enorme.»

Oliviero, di solito bonario, disponibile, stavolta guarda Pietro con severità.

«Non è pericoloso solo per lei, ma pure per gli altri.»

Lui non sa che rispondere. Prende il grande bicchiere di latte bianco e lo porta alla bocca del figlio un po' come fosse una manovra di distrazione, e perché sa che il cuore del meccanico è facile alla compassione.

«Il caffè è pronto.»

Agata, come si fa con i clienti di una vita, ha preparato quello che Oliviero non ha avuto bisogno di chiederle.

Lui va verso il bancone e Pietro ha modo di rifiatare. Lo Scrondo, però, compie uno strano gesto inconsulto con la spalla, il padre si fa trovare impreparato e il risultato è un fiotto di latte che esce dal bicchiere per cadere sul maglione blu e rosso del figlio.

Di maglioni nel kit d'emergenza c'è solo quello. E poi Pietro ha dovuto sorbirsi il rimprovero di Oliviero senza poter dire nulla, come fosse un bambino di cinquant'anni.

La sente montare, cerca di opporsi ma sa di fallire, come sempre.

La rabbia gli avvampa il sangue.

«Guarda che cazzo hai fatto.»

Prova a tamponare il latte che ha intriso il maglione con alcuni fazzoletti presi dal tavolo accanto al loro, ma ci vorrebbe altro.

«Faccia con questo.»

Agata gli passa uno strofinaccio pulito.

Pietro riprende ad asciugare lo Scrondo, i suoi gesti sono lo specchio del suo umore, sempre più brutali, furenti.

«Mmmmm.»

Jacopo si esprime con il solo verso che conosca, la bocca gli rimane spalancata in una specie di smorfia a testimonianza del male che il padre gli sta facendo.

«Faccia più piano, gli fa male così.»

Gli occhi di carbone di Agata fissano Pietro con una durezza mai vista.

«Macché male, male un cazzo.»

Le risponde mentre non smette di passare lo straccio sul fianco del figlio.

Poi, si blocca.

Con uno sforzo enorme riesce a placarsi.

Tenta di ritornare a una parvenza di normalità.

Sorride in direzione di Agata e Oliviero. O meglio, ci prova.

«Ci voleva un po' di olio di gomito.»

La sua vorrebbe essere una battuta, la sottolinea con una specie di risata.

Ma, oltre lui, nessuno ride.

# II

La giornata è variabile.

Il cielo novembrino è per buona parte coperto da nuvole grigie, sono quelle che ieri non hanno smesso di buttare punte di spillo su quel fazzoletto di terra dimenticato da Dio. A brandelli, sotto di esse si vede il cielo, di un blu intenso, invernale.

La temperatura sembra essere diminuita.

Pietro se ne rende conto non appena mette il naso fuori dalla porta sormontata dall'insegna "Da Arturo". Con la camicia a scacchi e i jeans, i vestiti di ieri, sente freddo. Nel "kit abbigliamento d'emergenza" ha una felpa con cappuccio, potrebbe andare a prenderla, ma non gli va di ripassare davanti ad Agata e i suoi occhi.

E poi la farmacia è a una ventina di passi contati da dove si trova.

Li percorre velocemente, con lo Scrondo sempre aggrappato al braccio.

Ogni posto di quel paese sembra spolpato dal tempo.

Ha visto il bar pensione di Agata, ora la farmacia, insieme all'alimentari gli unici tre esercizi commerciali presenti sulla piazza, probabilmente in tutto il paese. Magari più su, nei vicoli in mezzo alle case, resisterà qualche tipo di artigiano, lui e il suo mestiere in via d'estinzione, utile solamente in un luogo come questo, una specie di dinosauro rimasto solo al mondo.

Pietro sorride al ricordo.

Manny, il grande mammut dell'*Era glaciale*, e il bradipo Sid, più che furbo, simpatico, loro e tutti gli altri animali in fuga da una terribile glaciazione.

Che anno sarà stato? Pietro non se lo ricorda.

Ma una cosa è certa: Jacopo rideva.

Ai capitomboli di Sid rideva.

La notte non era ancora scesa.

Pietro prova a resistere, ma non ci riesce.

Un'altra immagine cala sulla piazza.

Lui e Bianca, felici, inconsapevoli, a bersi ogni risata del figlio davanti alla televisione.

Poi su di loro, come nel film, è arrivata un'era glaciale.

La farmacia ha le vetrine quasi tutte vuote.

I pochi articoli che resistono sono rivolti ad anziani, come ovvio e giusto che sia. Dalla peretta per gli stitici alla colla per dentiere, agli integratori contro l'osteoporosi, dai cerotti per alluce valgo alle panciere.

«Buongiorno, ragazzo.»

Il farmacista accoglie Pietro e il figlio con un sorriso divertito. È un signore piccolo di statura, il camice che porta sembra di una taglia di troppo.

«E come siete finiti qui su? Vi hanno fatto uno scherzo?»

Il suo buon umore è contagioso, non sembra minimamente colpito dallo Scrondo.

«Raccontatemi un po', la Seconda guerra mondiale è finita?»

Pietro annuisce, sorride pure lui, rapito dall'allegria

del dottore, ai suoi occhi la farmacia diventa una specie di regno incantato, un paradiso con le vetrine vuote e la bilancia pesapersone spenta.

«È finita, non da molto.»

La sua risposta strappa una risata a entrambi.

«Questa sì che è una notizia! Che posso fare per voi?»

Come accade nel mondo degli adulti, il tempo per i giochi è sovrastato da quello da dedicare al lavoro, ai doveri, anche il farmacista obbedisce a questo comandamento. Alla spensieratezza si è offerto il tempo che merita, ora si ritorni in riga.

Inesorabilmente, tutto torna alla realtà.

Pietro indica suo figlio.

«Mi occorrono i pannoloni per lui, di solito porta i Lines Specialist, misura media.»

«Aspetta che vado a controllare cosa mi è rimasto.»

Nel negozio c'è un bel tepore, si sta bene anche per questo, inoltre nell'aria c'è profumo di menta balsamica. Dovrebbe essere Vicks, o qualcosa di simile.

Il farmacista torna con due pacchi di pannoloni in mano.

«I Lines non li ho più, però posso farti un prezzo buonissimo per questi, sono i nuovi Soffisof, ipoallergenici, di solito costano undici euro, io li sto mettendo a otto, se li prendi tutti e due ti faccio quindici e buonanotte.»

«Mamma mia. Io i Lines li pago quattro, al massimo cinque euro.»

«Ma dove? In città? Nei supermercati? E certo che lo so. Io però li lavoro poco, questi sono migliori.»

«Lo so, lo so, li conosco, ci mancherebbe.»

«Guarda, proprio perché sei una faccia nuova, ti faccio quattordici, sette a pacco, meno non posso.»

«Grazie.»

Pietro tira fuori dalla tasca i soldi, trentacinque euro in banconote, una da venti, una da dieci e una da cinque, poi le monete, tre euro e ottanta centesimi, il resto che gli ha dato ieri Agata. Resta a guardare i cinque euro, poi le monete.

«Se facciamo tredici e ottanta è uguale? Così mi levo tutti gli spiccioli, di solito me li perdo, mentre a lei possono servire.»

Non si contano le volte che ha tirato fuori questa scusa, solo per pagare qualche centesimo in meno.

«E per venti centesimi non moriamo di fame, va bene.»

Il farmacista mette i due pacchi di pannoloni in una busta.

«La ringrazio.»

Pietro sorride ancora, sinceramente.

«Però niente scontrino, con il prezzo che ti ho fatto se mi ci metto a pagare le tasse c'ho perso.»

«Per me non c'è problema, anzi.»

«Bravo, ci mangiano vivi, io l'altra settimana ho pagato l'ultima rata della dichiarazione dei redditi, un salasso, e per cosa? Cosa ci danno in cambio?»

«Non lo dica a me. Io. Io con mio figlio. Se potessi darei fuoco al parlamento, con tutti dentro, bruciati.»

Il farmacista la prende come una battuta.

«Quello si meritano, cotti al flambé!»

«Sì.»

Il farmacista ride.

Pietro no.

Venticinque euro.

Sulla scrivania in formica della stanza ci sono solo due banconote, una da venti, l'altra da cinque.

Pietro le osserva brevemente.

«Mmmmmmm.»

È il segnale.

Deve cambiare Jacopo.

Sul telefono controlla il calendario, cerca una conferma, come non lo avesse fatto già decine di volte: sì. Lunedì sarà 27 novembre.

Chiude gli occhi, un lungo sospiro di sollievo.

«Mmmmmmmmmmmmm.»

Il padre si avvicina al figlio, lo squadra come fa soltanto quando sono da soli.

«Ho capito. Mmmmmmmmmmmmmm.»

Imita il suo mugolio, glielo fa proprio accanto all'orecchio.

Poi lo stende sul letto.

Via le scarpe. Subito dopo i pantaloni.

Pietro apre il pannolone e un conato di vomito lo piega.

Questa volta nemmeno ci prova a pulirlo con i fazzolettini.

Richiude il pannolone, alza il figlio e lo porta direttamente nel box doccia.

La storia qualcosa dovrà pur insegnare, almeno ai sani che sanno fare esperienza di essa.

Regola il rubinetto, toglie il pannolone, poi apre l'acqua tirandosi via in fretta, altrettanto rapidamente chiude le antine del box.

«MMMMMMMMMMMMMMMMMMMMM.»

Qualcosa non va.

«MMMMMMMMMMMMMMMMMMMMM.»

Pietro apre un'anta quel tanto che basta a infilarci il braccio, l'acqua è gelida, ecco perché lo Scrondo si lamenta, sposta la leva tutto sul caldo.

«MMMMMMMMMMMMMMMMMMMMM.»

«Ho capito, rompicazzo. Ho capito!»

L'acqua resta gelida.

La chiude.

Jacopo, con il pannolone sporco buttato nel box doccia, trema dal freddo. Il padre si allunga per prendere un asciugamano e metterglielo attorno alle spalle.

Nello stesso momento qualcuno apre la porta.

«C'è nessuno?»

È la voce di Gaia.

«Può vedere perché non viene l'acqua calda, per cortesia? Mio figlio è sotto la doccia nudo e non so che fare!»

«Mi dispiace. Vado subito.»

Il tremore del figlio è sempre più violento, Pietro prende un altro asciugamano e glielo mette attorno al capo.

«Quella cazzo di vecchia parla male di tutti, ma la peggio è lei in questo posto di merda.»

Rumore di passi veloci.

«Si era spenta la caldaia, riprovi ora.»

Pietro apre, dopo pochi secondi l'acqua diventa calda, regola la leva, poi chiude l'anta del box. Non si è inzuppato come ieri, ma il braccio e la camicia sono intrisi d'acqua.

Quando si affaccia nella stanza trova Gaia che sta rifacendo il letto del figlio.

«Agata si scusa, qui è tutto vecchio, e non si aspettava di certo...»

«Va bene, va bene.»

«Mi ha mandato a comprare questi.»

Gli passa due flaconi, uno di shampoo e l'altro di bagnoschiuma.

Lui li prende.

«Ritorno a finire la camera quando avete fatto.»

Eccolo, di nuovo, il sorriso di Gaia.

Porta un vestitino verde, due calze di cotone spesso, color senape, un giacchettino di jeans per proteggersi dal primo freddo dell'anno.

«Sì, meglio, la ringrazio.»
Pietro la guarda andare via.

Le undici e mezza.

Così segna l'orologio sopra la cassa.

In quel posto il tempo scorre più lentamente, questo pensa Pietro, per colpa del nulla assoluto da fare. O forse è la sua condizione, quella di chi aspetta, a fare di ogni minuto qualcosa di molto più dilatato, infinito.

Fuori, le nuvole hanno ripreso il sopravvento, si sono ricompattate, anche se, almeno a vedere da dentro il bar, per fortuna non dovrebbe piovere.

Padre e figlio attraversano a passo svelto il locale, diretti alla porta d'ingresso.

«Signor Borzacchi!»

Sperava proprio di evitarla, ma Agata è una specie di vedetta.

Lui si volta per capire cosa voglia.

«Per pranzo c'è pasta alle erbette, una cosa che faccio io, poi gradite caciocavallo alla piastra o prosciutto crudo?»

«Il formaggio va benissimo. Grazie.»

Il prosciutto è meglio evitarlo, un paio di volte Jacopo ha rischiato di soffocare per il grasso, rimasto a mezza strada tra bocca e gola.

Appena fuori il freddo aggredisce.

Pietro, quasi correndo, si avvia all'officina di Oliviero.

Lo vede lavorare sulla sua Golf, la cosa lo fa sorridere istantaneamente.

«Buongiorno.»

Oliviero, rispetto a ieri, porta sulla tuta azzurra da meccanico un cardigan di lana vecchio di anni, infeltrito. Resta a guardare il suo cliente appena arrivato con il figlio.

«Mentre aspettavo la frizione ho fatto un controllo generale. I dischi e le pasticche dei freni sono andati da un pezzo, il cambio anche è quasi partito, senza contare tutta la meccanica, ha due braccetti storti. Ah, e l'impianto GPL ovviamente. Glielo ripeto per l'ultima volta. Questa macchina la dovrebbe rottamare. Ci arrivi dove deve arrivare e la rottami. Non dovrebbe marciare per strada in queste condizioni.»

«Gliel'ho detto, è quello che in pratica ho già fatto, il contratto della macchina nuova ha lo sconto rottamazione. Il disco è arrivato?»

Il meccanico indica un banco, sopra c'è un grande disco di ferro, con quattro molle messe nel centro.

Si avvicinano, Oliviero lo prende.

«In pratica è nuovo, le faccio vedere quello che ho tolto dalla sua Golf.»

Da un grande contenitore di plastica, pieno di cianfrusaglie e pezzi di scarto, tira fuori un disco simile a quello che ha in mano, solo letteralmente devastato.

Pietro è colpito, ma si riprende subito.

«Mi conferma che sarà pronta per lunedì a pranzo?»

«A questo punto direi proprio di sì.»

«Naturalmente anche il costo della riparazione è confermato.»

Oliviero annuisce, ma i suoi occhi verdi restano severi.

«Voi giovani prendete la strada troppo alla leggera. Con la strada non si scherza.»

«Vuole un caffè, posso offrirle qualcosa al bar?»

Il tentativo di cambiare argomento è palese.

«No, la ringrazio, continuo a lavorare.»

«Va bene, per qualsiasi cosa mi trova alla pensione.»

Pietro e la sua ombra se ne vanno.

Oliviero li guarda allontanarsi, poi torna al cofano aperto della Golf.

# III

Pietro è sorpreso.

Nella sala ristorante è spuntata una tavolata con sei persone, molto anziane, già sedute e alle prese con il primo.

Quattro donne e due uomini.

Mangiano, intanto parlano, ridono.

Il loro tavolo è dalla parte opposta del salone, una buona cosa, i sei commensali in questo modo non hanno la possibilità di mettersi a guardare lo Scrondo, anche perché sono talmente vecchi che a diottrie non dovrebbero passarsela proprio bene.

«Visto che meraviglia i nostri clienti fissi?»

È Gaia, ha in mano due piatti fumanti, sono quelli per padre e figlio, li poggia sul tavolo.

«Pasta alle erbette. È la specialità di Agata. È la donna più brava che abbia mai conosciuto, ma non le chiedere la ricetta. È una cosa di famiglia.»

Pietro continua a osservare la tavolata.

«I clienti che vede non mancano un giorno, feste incluse. Merito di Agata, un colpo di genio. Sono tutti vedove e vedovi, lei gli ha proposto di mangiare assieme, il pranzo glielo mette a sette euro. Lei con quei soldi ci sopravvive, e loro almeno per qualche ora non stanno chiusi dentro casa da soli. E poi non devono preparare, pulire, vuoi mettere? Vengono qui e mangiano. La sera c'è chi si fa una camomilla, chi una minestrina, e la giornata è finita.»

«Grazie Agata, il tuo sugo alle erbette è sempre un capolavoro.»

È uno della tavolata ad averlo detto ad alta voce. Lei si è appena affacciata alla sala ristorante con due piatti di pasta, il suo e quello di Gaia. Non vorrebbe darlo a vedere, ma i complimenti le fanno piacere.

«Gioventù, non perdete tempo in sciocchezze, mangiate, a sette euro un primo, un secondo e un contorno, solo una matta come me poteva proporvelo.»

Per tutta risposta, una vecchietta del tavolo, la più piccola di corporatura, inizia a battere le mani.

«Un applauso per Agata!»

Tutti la seguono, anche Pietro è costretto a battere le mani. Jacopo, invece, reagisce a quell'improvviso trambusto accelerando il dondolio, si porta i palmi delle mani sulle orecchie per tapparsele.

Per fortuna l'applauso cessa velocemente.

È ora di assaggiare quel piatto di pastasciutta così speciale.

Prima, come sempre, va avviato lo Scrondo.

La pasta corta è più facile da inforchettare, il padre infila due penne e parte con quella che è a tutti gli effetti un'eterna prima lezione.

Ed eternamente identico è lo sconcerto del figlio al contatto con il freddo della posata.

Il secondo passaggio. Poi il terzo.

Lo Scrondo è partito.

Pietro, finalmente, ha modo di assaggiare la specialità della casa.

Il bello e il buono spezzano la più dura delle corazze.

«È eccezionale.»

Pietro si spalanca in un sorriso, conquistato.

Agata proprio lui aspettava, ai complimenti dei paesani è abituata.

Le parole del suo ospite la inorgogliscono.

«Questo condimento è frutto di generazioni, da nonne a madri, a figlie, a nipoti. Io, visto che non ho figli, dichiaro oggi che lo passerò a Gaia, che per me è come una figlia, no, figlia ho esagerato, come una nipote.»

Gaia, sorpresa da quell'investitura, si fa piccola di timidezza.

Sorride.

Agli occhi di Pietro sembra un dono di Dio.

Piove. Di nuovo.

Alle prime gocce, i sei della tavolata sono andati via, preoccupati di prendersi l'acqua lungo il tragitto che li separa dalle rispettive case.

Agata e Gaia hanno mangiato velocemente, ora nella sala ristorante sono rimasti solo Pietro e Jacopo.

Il padre in attesa del caffè che sancisca la fine del pranzo. Il figlio nel suo nulla.

«Ancora non ho capito come siete finiti in queste zone, so soltanto che avete la macchina a riparare da Oliviero, e poi non lo sapete che il Molise non esiste?»

Gaia arriva con un vassoio, poggia il caffè sul tavolo, poi prende una sedia e si mette vicino a loro.

«La prossima settimana io e mia moglie facciamo vent'anni di matrimonio, abbiamo deciso di festeggiare a Marina di Ginosa, dove ci siamo conosciuti, l'estate del 2000. Mia moglie è di lì.»

Pietro, mentre svuota una bustina di zucchero nel caffè, ripete la storia a ritornello.

«Bravi! Posso chiederle una cosa? Ci possiamo dare del tu? A parlare così mi sento vecchia.»

«Certo, dillo a me, ogni volta che mi sento dare del lei mi viene il magone, peggio è quando ti si avvicina qualcuno più giovane e ti chiama "signore", quella è proprio una coltellata.»

Gaia ride, dal tavolo dove ha pranzato va a prendersi il suo bicchiere, dentro ci sono ancora due dita di vino bianco.

«Anche per me! Di solito mi ci chiamano i capotreni: "Buongiorno signora, il biglietto". Prima o poi a qualcuno gli do un cazzotto.»

Ora è Pietro a ridere.

«Che poi, te lo dico sinceramente, te di una signora non hai proprio niente.»

«Non ho nulla di una signora, ma che bel complimento!»

Lui diventa paonazzo.

«Ma no... intendevo per l'età, l'abbigliamento, tutto insomma.»

Lo lascia un poco sulle spine, poi scoppia a ridere.

«Tranquillo. Scherzavo.»

Pietro torna a respirare.

«E poi sei giovanissima, io inizio ad avere cinquant'anni, dunque ci può anche stare in fondo, ma te proprio no.»

Gaia drizza la schiena, si mette di profilo, in bella posa.

«Sentiamo, per te quanti anni ho?»

Gli occhi di lui la percorrono, si fermano alla bocca.

«Direi trenta. Trentadue massimo.»

Lei accoglie con soddisfazione.

«Ti ringrazio, in realtà ne ho quarantuno, me lo dicono tutti che me li porto bene. Sarà l'aria di paese. Anche tu però cinquant'anni non li dimostri.»

Non ricorda, Pietro, quando è stata l'ultima volta che ha parlato con un altro essere umano di se stesso e non del figlio. Proprio di lui. Si prende il complimento, pieno d'imbarazzo.

«Grazie.»

Non dice altro.

Restano in silenzio.

Gaia si fissa su Jacopo. Gli occhi le si riempiono di tenerezza.

«È autistico?»

Ecco il ritorno sulla terra.

Il padre annuisce.

«Anche qui da noi ce n'era uno, poi i genitori...»

«Sono morti ed è stato portato a un istituto. Sì, la storia la conosco, me l'ha raccontata il meccanico.»

«Dev'essere una battaglia, tutti i giorni, nemmeno riesco a immaginare cosa possa significare.»

«Non è una battaglia.»

Gli occhi di Pietro sono tornati a essere precipizi di cui non si vede il fondo.

«O una guerra. Quelle si vincono o perdono. Altre malattie sono battaglie. Questa, questa è più una specie di maledizione. C'è chi vince alla lotteria e a chi tocca un figlio autistico a basso funzionamento, anzi, a zero funzionamento. Nessuna guerra. Solo giorni uguali ad altri giorni.»

Gaia non vorrebbe mostrarsi colpita, ma di sofferenze come quelle di Pietro non se ne vedono spesso. Il viso, di solito radioso, ora è segnato dal dolore. Reagisce, impone a se stessa il sorriso, quello di sempre.

«Dài, però sono sicura che a guardare bene, anche un figlio che ha dei problemi rimane un dono, sono sicura che se ti ci metti a pensare, troverai cose belle che solo lui sa darti, e sono sicura che ce ne sono.»

Pietro resta in silenzio. A osservarlo sembra un sopravvissuto a qualche calamità appena accaduta, un terremoto o cose simili.

Si passa una mano sulla faccia.

Ad altri avrebbe risposto con la brutalità che gli scatenano certi discorsi, ma Gaia lo ha fatto stare bene, la sua bellezza, da qualche parte dentro di lui, agisce come una medicina naturale. E anche di mentire, al suo solito, non ne ha voglia, soprattutto non ci riesce.

«No. L'unica cosa che mi viene in mente quando lo guardo è: perché a me? Cosa ho fatto di male? In questa vita non ho fatto male a nessuno. Magari in qualcuna delle precedenti. O future. Non lo so. Ma perché a me?»

La pioggia è diventata insistente, sbatte sui vetri della sala ristorante.

«Sparecchio i tavoli, altrimenti Agata mi viene a cercare.»

Gaia si congeda da padre e figlio.

I due restano soli, in silenzio.

Pietro si rende conto di non aver bevuto il caffè.

Lo avvicina alla bocca, poi lo allontana.

Ormai è freddo.

# IV

Jacopo dorme.

Il riposo pomeridiano lo tiene tranquillo e quel tempo è oro colato per i genitori, che possono dedicarsi alle infinite faccende domestiche, oppure un poco a se stessi.

Pietro, però, non è riuscito a prendere sonno, se ne sta sdraiato sul letto senza far nulla, mentre fuori continua a piovere.

Sbuffa, annoiato.

Prende il telefono e guarda l'ora, sono appena le quindici e venti, poi apre l'applicazione meteo e torna a guardare le previsioni della prossima settimana a Marina di Ginosa. Tutto confermato. Tempo buono e mare calmo.

Si alza e va in bagno.

Resta davanti allo specchio, avvicina il viso alla sua immagine riflessa.

Si guarda, il suo aspetto gli provoca un'espressione disgustata.

Fissa soprattutto la fronte svuotata di capelli, poi è il turno della barba incolta, in alcune zone diventata bianca con gli anni.

Apre il rubinetto della doccia.

Aspetta che la temperatura sia giusta, intanto si toglie canottiera e mutande.

Eccolo, sotto il getto d'acqua caldissima.
Resta a occhi chiusi, immobile, con le braccia conserte.
Pietro ha piccoli rifugi segreti.
È quando riesce a impedirsi di pensare.
A impedirsi di essere.
Essere soltanto un corpo, disabitato.
«MMMMMMMMMMMMMM.»
No.
Ha una specie di radar.
Infallibile.
«MMMMMMMMMMMMMM.»
Decide di restare immobile, a godersi il suo meraviglioso momento di vuoto.
«MMMMMMMMMMMMMM.»
«NON ROMPERE IL CAZZO!»
Vorrebbe non sentirlo, ma non ci riesce.
«MMMMMMMMMMMMMM.»
La verità è che Pietro è drogato di rabbia.
La lascia esplodere, si lascia invadere.
Le mani gli si stringono a pugno.
Uno, due, tre cazzotti alle maioliche bianche.
L'obiettivo è farsi male.
Esce dalla doccia, afferra un asciugamano e se lo passa sul viso, le spalle, intanto va nella stanza da letto.
«MMMMMMMMMMMMMM.»
«Che cazzo vuoi?»
Jacopo non vuole niente.
Si è semplicemente svegliato e non vedeva nessuno.

Sarà per l'accoppiata sabato pomeriggio-brutto tempo.
Il bar di Agata è pieno di gente.
Ovunque. A partire dalla sala biliardo.
Due uomini di una quarantina d'anni si stanno sfidan-

do a una partita di carambola, tutt'attorno vecchi e meno vecchi giocano a carte, perlopiù briscola e tressette, seduti ai tavolini di formica rossa. Molte le urla, le voci che si inseguono dietro sberleffi o rimproveri, come le risate che esplodono all'improvviso.

Pietro, con il figlio al braccio, arriva nel bar.

Agata è una trottola dietro il banco.

Per quanto sia dura, impicciona, non le si può certo rimproverare lo scarso impegno, o la mancanza di vitalità.

Dalla sala ristorante ecco comparire Gaia.

Porta una cassetta d'acqua minerale, si vede che le pesa, con agilità si infila sotto il bancone, riappare dopo qualche secondo.

Soltanto ora si è accorta dell'arrivo di padre e figlio.

Sorride, fa un cenno di saluto.

Pietro risponde con lo stesso gesto, mentre le si avvicina.

«Faccio gli straordinari, il sabato pomeriggio è sempre più affollato del solito, ma oggi è una cosa che non ci si crede.»

«Con questo tempo, si sono riparati tutti qui.»

Gaia annuisce.

Restano in silenzio.

È lei a rompere il momento d'imbarazzo.

«Si sta liberando un tavolo» indica due signori anziani che si stanno alzando, «andatevi a sedere, poi vengo io a prendere l'ordinazione.»

Padre e figlio eseguono.

Fuori non smette di piovere, intanto il cielo ha iniziato a farsi scuro.

Pietro resta a osservare il bar così pieno e rumoroso.

A guardarlo ora sembrerebbe collocato in un paese di quelli normali, cioè vivi, e non a Sant'Anna del Sannio, un residuato che attende solo di sparire per sempre.

Jacopo non ama la confusione, il padre lo mette seduto, ma tutto di lui, a partire dall'eterno dondolamento, è più frenetico, continua a passarsi la punta delle dita sui pantaloni, gesto che di solito fa soltanto mentre cammina, segno di come tutta quella gente, quel rumore, lo mettano in crisi.

Pietro, quando succede, lo tiene per un avambraccio, non smette di fargli sentire la sua presenza.

«Che posso portarvi?»

Gaia si accorge immediatamente dello stato di Jacopo.

«Che ha fatto?»

«Non ama le situazioni nuove, e la confusione. Io prendo un caffè, per Jacopo niente, anzi, una bottiglietta d'acqua minerale.»

«Ciao Gaia, voglio vedere quando mi dici di sì a quella pizza, sono almeno tre anni che te lo chiedo.»

A parlare è uno dei due quarantenni impegnati sino a poco fa al biliardo.

Lei si mostra sorpresa, dispiaciuta.

«Scusami, ma come puoi vedere tra il bar e mia madre è sempre un gran macello, però ti chiamo, giuro.»

Il ragazzo annuisce, era quello che voleva sentirsi dire, poi esce dal bar assieme al suo amico. Gaia si avvicina a Pietro.

«Sono due carabinieri, della caserma di Frosolone, a me lui non piace, che ci posso fare! Vi porto subito il caffè e l'acqua.»

Pietro resta a fissarla mentre si allontana, intanto prova a dare un nome a quello stato d'animo che gli è esploso dentro improvvisamente.

Eccolo il nome. Gelosia.

Dopo tanto tempo, è geloso di qualcosa.

Qualcuno.

# V

La massa di clienti è svanita.

Restano alcuni uomini nella sala biliardo a giocare a carte, di tanto in tanto arrivano le grida, le bestemmie.

Di qua, nel bar, a un tavolo due ragazzi sono alle prese con i rispettivi smartphone, a un altro tre signore parlottano, anzi, spettegolano su una certa Carla, da almeno un'ora e mezza.

Pietro guarda l'orologio digitale sul display del suo telefono.

Le 18.30.

Agata e Gaia, come dopo un match di boxe, siedono su due sgabelli, sfinite. La padrona di casa, malgrado la stanchezza, si alza per tornare al lavoro.

«Signor Borzacchi, per stasera, visto che la pasta l'abbiamo mangiata oggi, io andrei su carne e verdura, una bella bistecchina di manzo e spinaci al burro, poi un bel piatto di frutta di stagione, se invece volete anche il primo nessun problema.»

«No, no, va benissimo come ha detto. Grazie.»

Lei si dirige in cucina per iniziare a preparare. Gaia, rimasta sola, si alza e raggiunge padre e figlio al tavolo.

«Ora ci godiamo una mezz'ora di riposo, poi voi ve ne

andate a mangiare e io me ne vado diretta a letto. Il bar ti ammazza, non so Agata come faccia da tutti questi anni.»

«Sì, è un po' burbera, ma lavora da mattina a sera come una pazza.»

«E tu invece che fai?»

Pietro non pensava che il discorso si spostasse su di lui.

«Faccio il grafico, in un'azienda che lavora plexiglas.»

«Be', è interessante, in fondo sei un creativo.»

A lui viene da ridere.

«Anche io pensavo così, all'inizio. Durante tutta la pandemia di Covid gli unici prodotti che ho disegnato sono i pannelli separatori, quelli spuntati ovunque, ecco il massimo della mia creatività. La cosa buona è che almeno non siamo andati in crisi, anzi, i titolari si sono arricchiti.»

«E tua moglie?»

«Lei sta a casa, da quando abbiamo scoperto di Jacopo ha smesso di lavorare, non ci conveniva economicamente, e poi era una precaria.»

«Vicino avete qualcuno?»

Pietro parte con la sua recita meccanica.

«Sì, certo, abbiamo l'aiuto di tante persone.»

Gaia però non sembra convinta. Forse non si è esibito con la solita sicurezza, o forse a lei non vuole mentire.

«No.»

La fissa con i suoi occhi sprofondati nelle orbite.

«Siamo soli. Io e mia moglie. Io ho perso mia madre da bambino per un malaccio, mio padre è un ex poliziotto, un brav'uomo, lui ci vorrebbe stare vicino, ma non ci riesce, la verità è che non ci riesce, è terrorizzato da Jacopo, non sa come prenderlo, cosa farci.»

«Non hai fratelli, sorelle?»

«No, sono figlio unico. Mia moglie Bianca ha un fratello, ma sta a Milano, fa il finanziere, ora lei è andata a trovarlo, ci raggiungerà a Marina di Ginosa lunedì per il nostro anniversario. L'ho obbligata a staccare per qualche giorno, nemmeno una telefonata, o un messaggio, sono anni che non lo faceva, se lo merita un po' di respiro.»

«E la famiglia di lei? Vi dà una mano?»

«Anche se volessero, stanno a cinquecento chilometri da casa nostra, e poi non hanno mezzi, di nessun tipo, sono brave persone, per carità. Mio suocero lavorava a Taranto, in una delle tante aziende legate all'ILVA, mia suocera è sempre stata a casa.»

Gaia, è la sua indole, cerca di trovare l'unica fiammella in mezzo al dominio del buio.

«Avrete amici suppongo, oppure qualche associazione che si occupa di questo tipo di patologie che vi dà una mano.»

Pietro non è più abituato a sentirsi uscire dalla bocca la verità.

«Se vuoi ti dico di sì. Ma no. Nessuno. Gli amici che avevamo, quasi tutti, si sono spaventati, o forse ci siamo chiusi noi, chissà. Le associazioni ci sono, tante sono per bene, ma alla fine fanno il loro, non possono certo sostituirsi a un familiare e a tutte le altre difficoltà.»

Gaia si avvicina, lui ne è quasi intimorito.

«E tu? Tu come stai?»

Nessuna risposta. Solo un'alzata di spalle.

«Dài, raccontami, a chi vuoi che lo dica.»

Vorrebbe tacere, come suo solito.

«Ora viviamo una specie di consuetudine, di normalità, molto faticosa, e poco felice ovviamente. Ma quando l'abbiamo scoperto, quando abbiamo capito che malgrado tutte le promesse, le terapie, i suoi miglioramenti sarebbero stati minimi, sapere che non vedrai mai tuo figlio calciare un pallone, o giocare con gli altri... in quegli anni è stato terribile. La sera io e Bianca ci sedevamo ai piedi del letto, ci domandavamo a chi lo avremmo lasciato, chi lo avrebbe difeso quando noi non ci saremmo stati più.»

Gaia ha gli occhi lucidi. Pietro si ridesta, sembra improvvisamente nervoso, si alza di scatto, poi torna a sedersi.

«Ma ora le cose vanno meglio. La prossima settimana ci faremo qualche giorno di vacanza per il nostro anniversario. Certo, non potremo farci il bagno. Ma sarà comunque una bella occasione di riposo.»

Dalla cucina si affaccia Agata.

«Se per voi va bene, qualche minuto e porto in tavola.»

«Benissimo.»

Pietro non ha più voglia di parlare.

Gaia se ne accorge.

«Ciao Pietro, me ne vado da mia madre. A domani.»

«Sì. A domani.»

La guarda uscire dal bar, se dovesse seguire il desiderio che lo attraversa in questo momento la richiamerebbe, per stare ancora con lei, sentire ancora la sua voce.

«Gaia?»

Agata si affaccia dalla cucina nel salone del bar, con uno strofinaccio si sta asciugando le mani.

«È andata via poco fa.»

Le risponde l'unico dotato di parola nella sala.

«Mannaggia la miseria, e ora come faccio?»

Sembra improvvisamente in crisi, i suoi occhi di carbone si fissano su Pietro.

«Lo devo chiedere a lei, perché io neanche scorticata viva. Me la farebbe una cortesia enorme?»

Lui non risponde. Per lei vale la regola del silenzio assenso.

«La ringrazio, davvero, non è che mi andrebbe da Rosina,

l'alimentari qui sulla piazza, dovrebbe essere ancora aperta, le do i soldi, se mi prende almeno mezzo chilo di burro, mi sono dimenticata di farmelo lasciare stamattina.»

«Va bene.»

Pietro non si incuriosisce più per niente e nessuno, anche se gli piacerebbe sapere qual è il motivo di tutto l'astio che nutre per la sua vicina.

Agata prende dalla cassa una banconota da cinquanta euro.

«Appena tornate vi ripasso gli spinaci e porto la cena in tavola, grazie ancora.»

«Di niente.»

Pietro si alza, prende per un braccio Jacopo.

Fuori, almeno, ha smesso di piovere.

In due passi sono all'alimentari.

Come la farmacia e il bar Da Arturo, anche questo negozio vive dentro una realtà parallela, di una ventina d'anni indietro nel tempo, come minimo.

Ma non è l'aspetto, non è niente di materiale, niente che si possa stringere in pugno, a stritolare di nostalgia Pietro alla velocità della luce.

Il profumo. L'odore.

Si possono controllare, con più o meno finezza, i movimenti del corpo. Chiedere a un braccio di allungarsi, agli occhi di aprirsi, ma nulla è veramente nostro di quello che ci vive dentro.

Pietro quell'immagine la vorrebbe allontanare da sé come un fuoco che marchia la pelle.

Lui, bambino, per mano a sua madre, bella come tutte le cose belle messe assieme, viva e innamorata, dentro l'alimentari del signor Foscaro.

Loro due. L'infinito perfetto.

Rovesciato tutto in dolore. Qui e ora.

Pietro chiede pietà.

Lo si uccida, oppure che qualcuno mandi via dal suo corpo quell'immagine.

«Sì?»

In grembiule bianco con bordi azzurri, i capelli rossi gonfi, truccata alla perfezione, una signora squadra padre e figlio come due alieni appena atterrati. Non avrà meno di settant'anni.

Per Pietro resta comunque una salvatrice. Con i suoi modi scortesi lo ha tratto via da se stesso, e lui non può che esserle debitore.

«Volevamo del burro.»

Padre e figlio si avvicinano al bancone.

Di occhi spianati, indagatori oltre ogni pudore e decenza, ne ha visti, ne vede tutti i giorni, ma quelli della donna che ha di fronte superano qualsiasi primato sinora raggiunto. Pietro ne è quasi affascinato.

«Non vi ho mai visti. A chi appartenete? Nipoti di emigranti?»

«Siamo ospiti della pensione qui accanto, il burro serve alla titolare e ci ha chiesto la cortesia di venire a prenderlo.»

«Agata.»

La signora pronuncia quel nome con disgusto, e nulla fa per nasconderlo.

«Quei due vanno bene.»

Pietro le indica due panetti da due etti e mezzo esposti dietro la vetrina.

«Ve li vendo perché oggi non ho incassato un euro, ma a sapere chi vi manda ne farei volentieri a meno. Quella è pazza, sempre stata pazza. Il burro non è di quelli industriali, è di prima scelta, quindici euro.»

Fossero soldi suoi non glieli darebbe mai, anzi, Pietro

se ne andrebbe non prima di averle detto che è una ladra, ma tutta la faccenda non lo riguarda.

«Ho finito le buste, lo scontrino non posso farlo perché ho già chiuso la cassa.»

Rosina, intanto, ha preso a fissare Jacopo. Lo squadra con cura, senza fretta, senza nessuna remora.

Poi torna con gli occhi al padre.

«Arrivederci.»

Ha ripreso a piovere.

Pietro e Jacopo, correndo, entrano nel bar.

Ad attenderli seduta dietro il bancone c'è Agata.

Si alza di scatto.

«Glielo dico subito, le ha fatto un furto, mezzo chilo di burro gliel'ha messo quindici euro, non mi ha fatto lo scontrino, se non ci crede può andare lì e chiedere conferma.»

«Ci credo. Ci credo. Le ha per caso detto che era ospite mio?»

«Sì.»

«Anzi, è già un miracolo che ve l'ha venduto. Quella è e resterà sempre una che va dietro ai mariti delle altre. Una zoccola, scusi il termine, sempre stata una zoccola.»

# VI

Agata è in gamba.

Non sarà una cima di simpatia.

Ma è brava, sa fare tutto e lo sa fare bene.

Cuocere una fettina di manzo sembra facile, ma non lo è affatto. Certo, conta la materia prima, eccome, ma per il resto è manico del cuoco.

«Se non sbaglio ci ha messo sopra un po' del preparato alle erbette con cui ha fatto la pasta oggi.»

Lei annuisce, mentre mangia un boccone di pane.

Nella sala ristorante, esattamente come ieri sera, soltanto Agata e i suoi due ospiti.

Pietro ha tagliato la fettina a pezzettini. Ora deve mettere in moto lo Scrondo.

Movimento uno.

Due.

Al tre non arriva.

Qualcosa non torna.

Lo Scrondo non parte.

Il padre lo fissa, cerca di capire, assaggia un pezzetto della carne.

«È buona.»

Non lo dice al figlio, ma a se stesso.

Riparte da zero. Ma al primo nuovo tentativo, lui serra le labbra.

«È buona e la mangi!»

Pietro spinge la forchetta con il pezzo di carne sulle labbra del figlio, ma lui non sente ragioni.

«Vado a fargli un uovo, se vuole.»

Agata prova a intervenire, ma lui scrolla la testa.

«Se non mangia questa non mangia niente, vuol dire che sta a pancia piena, a pranzo in effetti si è strafogato.»

«Io a fare un uovo strapazzato ci metto un minuto.»

Lo sguardo che le assesta Pietro le fa alzare le mani.

«Capito.»

Un nuovo tentativo. Fallito anche questo.

«Bene. Vuol dire che non hai fame, farai colazione domattina.»

La padrona di casa ha assistito a tutta la scena. Apparentemente senza lasciarsi andare a un giudizio su quanto ha visto.

«Il prete a Sant'Anna del Sannio non c'è. C'è stato. Sino a qualche anno fa. Poi hanno dichiarato inagibile la chiesa e lui se n'è andato. Adesso per una messa devi andare a sbattere a Duronia, o Frosolone.»

Pietro resta a guardare Agata, senza riuscire a cogliere il senso delle sue parole.

«No. Lo dicevo perché avere un luogo per una preghiera, o anche per incazzarsi con nostro Signore, a me ogni tanto manca.»

Di nuovo, negli occhi di lei compare quel velo che non è pianto, è sempre Jacopo ad accenderle gli occhi di quella strana luce.

«Anche se, a dirla onestamente, fossi in lei e sua moglie, io non so cosa gli direi, intendo a nostro Signore.»

«Mia moglie è più attaccata a certe cose. Io no. Io spero che esista solo per un motivo. Perché da morto voglio andargli di fronte, faccia a faccia, e chiedergli qual è la spiegazione della malattia di mio figlio. Perché io non l'ho trovata.»

«Sinceramente non posso darle torto.»

Pietro ingoia l'ultimo boccone della sua fettina.

I suoi occhi vanno a fissarsi in un non-luogo dentro la sala ristorante deserta.

«Ma lo Scrondo è la prova provata che non esiste un cazzo. Solo la natura che ogni tanto si inceppa. Punto.»

«Il cosa?»

Gelo.

«Volevo dire Jacopo, ma con il boccone in bocca... intendevo Jacopo.»

Agata fa cenno di aver capito, anche se in realtà non sembra proprio convinta.

«Non lo so. Fossi al posto suo il Padreterno lo desidererei ancora di più, almeno per incazzarmici, per guardarlo faccia a faccia, come ha detto lei.»

Ma Pietro oramai non l'ascolta.

Per la prima volta gli è uscito dalla bocca il nome solo suo e di nessun altro.

Lo Scrondo invece di Jacopo.

E non se lo perdona.

*«E sembra un sabato qualunque, un sabato italiano, il peggio sembra essere passato.»*

Il sindaco La Rosa, in compagnia del fido scudiero Luciano, oggi in borghese, entra nella sala ristorante canticchiando pieno di buon umore.

«Un saluto agli ospiti di Agata e un bacio a lei, la migliore barista di tutta Sant'Anna del Sannio, anche perché è l'unica.»

Si piega per darle un bacio sulla guancia, lei lo lascia fare, totalmente indifferente.

«Noi ce ne andiamo al biliardo, voi continuate con calma, anche tu Agata, fa' come fossi a casa tua.»

Luciano ride alla battuta del sindaco, solo lui.

I due tornano sui loro passi.

«Come si chiama quando uno uccide un sindaco?»

Agata ce l'ha con Pietro, lui non sembra aver colto.

«Se uno ammazza un coniuge è uxoricidio, poi c'è il parricidio, il fratricidio, deve esserci un nome per quando uno fa secco un sindaco. Sindacocidio. Prima o poi lo faccio. Giuro.»

Con la stanchezza di chi non si è fermato un attimo per tutto il giorno, Agata si alza dalla sedia, inizia a sparecchiare, i suoi gesti sono più lenti del solito.

«Quando era vivo Arturo qui dentro non volava una mosca, c'era educazione, poi lui è morto e ora certi omuncoli pensano di fare come fossero a casa loro. Io sono una donna, non mi rispettano.»

I suoi movimenti, appesantiti, si bloccano dietro un ragionamento, una specie di rivelazione mai sorta prima di fronte ai suoi occhi.

Improvvisamente sembra sul punto di piangere.

«La verità, però, è un'altra. Questi quattro scellerati non mi rispettano perché il primo a non farlo era Arturo. Li hanno visti da lui certi comportamenti, certe mancanze di rispetto. Senza volerlo gliele ha insegnate lui.»

Per un istante guarda Pietro, talmente dura la sua scorza da riuscire a impedirsi di piangere, anche se vorrebbe.

«Però Arturo mi voleva bene. A modo suo. Da orso. Ma mi voleva bene.»

Carica di piatti se ne va verso la cucina.

Nella sala biliardo, attorno al tavolo verde, un quartetto.

Oltre al sindaco, Luciano e l'uomo con il naso affilato e baffi spioventi, presente pure ieri sera, c'è una novità. Il farmacista.

Appena Pietro e Jacopo entrano, tutti e quattro si girano verso di loro.

«Ragazzo, buonasera.»

È proprio lui a parlare.

«Li hai provati i pannoloni? Hai visto che articolo t'ho dato? Vedrai, sono di un altro livello.»

Il padre fa sedere il figlio, poi si siede anche lui.

«Ancora no. Da stasera inizio a usarli.»

Tutti lo guardano, una volta in queste situazioni si imbarazzava, ma ormai c'è abituato.

A un tavolo, in penombra, tre persone giocano a carte e bevono birra, da quel poco che gli è uscito dalla bocca non dovrebbero essere italiani, quasi certamente dell'Est.

Il quartetto riprende il gioco.

«Lo sapete chi è morto? Ve lo ricordate Gaetano, il pecoraio, l'hanno trovato in mezzo ai campi, secco da almeno un giorno.»

È l'uomo con naso affilato e baffi spioventi a dare la notizia.

Il sindaco drizza la schiena, colpito.

«No. Veramente?»

L'altro annuisce.

«Cazzo, mi dispiace, era uno degli ultimi a fare un formaggio come si deve, e poi era un brav'uomo.»

Il farmacista si avvicina al sindaco, gli dà una gomitata.

«Di' pure che era un mezzo fascistone come te, e che ti portava almeno una ventina di voti.»

La Rosa annuisce, senza vergogna.

«Vero. Su tutta la linea. È un reato forse?»

Nessuno risponde, scorrono sguardi divertiti, sottintesi.

«Lei di dove mi ha detto che è?»

Il sindaco tira in ballo Pietro, che non se lo aspettava.

«Io, noi, siamo di Anagni.»

«Bene, e a lei sembra normale che il nostro Paese sia diventato un porto di mare? Da nord a sud, siamo in minoranza ormai, e nessuno dice niente, lingue, religioni, ormai è buono tutto, voglio vedere quando ci daremo una svegliata, quando torneremo a fare i padroni a casa nostra!»

I tre uomini seduti in disparte, anche per il tono di voce via via più alto, hanno interrotto i loro affari e si sono messi ad ascoltare le parole accorate del sindaco.

Il loro sguardo, però, non è molto amichevole.

«Noi siamo rumeni, stiamo ristrutturando una casa alla fine del paese, possiamo restare o dobbiamo andare via?»

Ha parlato il più anziano dei tre. Un colosso, come gli altri due.

Fissano i quattro attorno al biliardo, sorridono, anche se non è chiaro il perché.

Il sindaco, poi il vigile urbano, e di seguito il farmacista, sino all'uomo con naso affilato e baffi spioventi, tutti e quattro si fanno piccoli per la vergogna, con la testa incavata in mezzo alle spalle.

«Per l'amor di Dio, noi si parlava tanto per parlare, io sono Agostino La Rosa, il sindaco di Sant'Anna del Sannio, di questo paese. Il mio era un discorso teorico, anzi, se permettete le birre ve le offriamo noi.»

L'anziano del terzetto alza il bicchiere.

«Allora grazie.»

Poi dice qualcosa agli altri due nella loro lingua.

Esplodono in una risata.

Attorno al biliardo, invece, silenzio assoluto.

«Bella figura di merda mi hai fatto fare.»

La Rosa ha il viso rosso di collera, ce l'ha con il farmacista, lui tiene gli occhi al pavimento, senza sapere cosa fare, né dire.

«Le cose serie, importanti, sono altre.»

Il sindaco tenta di riprendere in mano la situazione, per farlo si rivolge verso Pietro e Jacopo.

«La politica, quella vera, si occupa delle famiglie, di chi vive il tema della disabilità come il nostro ospite, permettere a tutti una vita dignitosa, e integrare chi arriva, quelli che hanno voglia di lavorare ovviamente, e voi siete gente di fatica, si vede.»

I compaesani annuiscono a questo improvvisato discorso del sindaco, ma a lui interessa altro assenso: quello di Pietro e dei tre rumeni, è loro che vuole convincere.

Nessuno, però, gli risponde.

«Ragazzo, tuo figlio si è addormentato.»

È il farmacista a dare a Pietro la notizia.

Jacopo se ne sta con la testa poggiata al muro, a occhi chiusi.

«Lo porto a letto.»

Per svegliarlo lo scrolla per una spalla.

Lui apre gli occhi lentamente.

Ma è così assonnato da richiuderli subito.

Pietro lo tira su quasi di peso.

Dà un'ultima occhiata al sindaco, sembra sul punto di dirgli qualcosa, e a guardargli la faccia non sembra niente di buono.

Alla fine, rinuncia.

Padre e figlio entrano in stanza.

Jacopo dorme in piedi.

Pietro lo fa sdraiare, gli sfila le scarpe, poi gli sbottona i pantaloni e glieli toglie, stessa cosa con la maglia di cotone.

Lo Scrondo è in canottiera e pannolone, da cambiare, la puzza di piscio non lascia adito a dubbi, il padre prende l'ultimo dal pacco di Lines, gli toglie quello sporco con un gesto secco, poi lo piega su un fianco e posiziona quello nuovo sotto di lui.

Dietro la schiena, all'altezza dell'osso sacro, il figlio ha una voglia di caffè molto simile a quella che il padre ha all'altezza del cuore.

Prima della malattia, quando la vita era ancora vita, Pietro considerava quella macchia una specie di medaglia, di più, un tatuaggio del destino, qualcosa che solo un padre può tramandare al proprio figlio.

Jacopo era suo.

Era sangue del suo sangue.

Era la vita a questo mondo oltre la sua morte.

E attraverso di lui, altri figli avrebbero vissuto sulla terra, portando generazione dopo generazione il cognome Borzacchi sino alla fine dei tempi.

Pietro chiude il pannolone.

Mette il figlio sotto il lenzuolo, si è già riaddormentato.

Ora è lui a spogliarsi.

Decide di riprendere quello che lo Scrondo oggi pomeriggio ha interrotto bruscamente.

Va in bagno, apre il rubinetto della doccia.

Il vapore inizia a riempire la stanza senza finestra.

Pietro, nudo, si guarda allo specchio, fissa la voglia di caffè che poco fa ha osservato sul figlio.

Una volta piangeva.

Ora i suoi occhi sono asciutti, sempre.

# ATTO TERZO

# I

Pietro ha una doppia vita.

Una ha la consistenza inesorabile della realtà, l'altra l'evanescenza morbida del sogno. Sin da bambino, ha sempre sognato tanto.

Negli anni dell'infanzia a prevalere erano gli incubi, ricorrente quello di essere inseguito, braccato, oppure di cadere di sotto, da altezze paurose, giù in picchiata con l'angoscia in gola.

Dalla nascita di Jacopo, dalla scoperta del suo disturbo, per anni interi Pietro ha vissuto in coabitazione con il figlio anche il suo mondo onirico. Lo ha sognato in ogni modo, da vivo a morto, da sano e parlante a mostruoso, più di quello che è nella realtà.

Poi, senza una spiegazione plausibile, lo Scrondo non è più apparso.

I sogni si sono fatti via via più lievi, innocui.

Narrazioni provenienti da chissà quali altri mondi.

Stanotte, per esempio, si è ritrovato dentro un taxi, in viaggio, con un bellissimo mare all'orizzonte, il tassista gli spiegava che in quel tratto di costa sono frequenti le regate, barche favolose solcano le onde, uno spettacolo nello spettacolo. Pietro, sempre nel sogno, teneva in mano una lunga collana d'oro, la sgranava, il metallo prezioso a un certo punto si faceva vivo, come la pelle di un serpente.

Poi il risveglio.

I pochi istanti in cui siamo tutti e nessuno.

Beati.

I piccoli rifugi segreti che lo tengono in vita.

Infine, la realtà. Sempre come uno schianto.

Jacopo dorme ancora.

Pietro si alza per andare in bagno, apre il rubinetto dell'acqua fredda, la lascia scorrere per qualche istante, poi si attacca al getto, beve, a lungo.

Si lava il viso.

Torna in stanza, cercando di non fare il minimo rumore si riallunga sul letto, ma il materasso a molle, vecchio, affossato, si fa sentire.

Allo Scrondo è sufficiente.

Apre piano gli occhi.

Guarda il padre, le labbra socchiuse.

Gli occhi nell'abisso vuoto di sempre.

Pietro avrebbe tanto voluto rimanere un altro po' a letto, ma sa che ora sarà impossibile, si alza su di scatto, senza pensarci.

Inizia a raccattare i vestiti del figlio, li mette sul letto alla rinfusa, ma per prima cosa deve pensare al pannolone. Quelli della Lines sono finiti, cerca con gli occhi i pacchi che ha comprato ieri. Eccoli. Accanto alla porta.

«MMMMMMMMMM.»

Lo Scrondo ha finito la pazienza.

Chiede con l'unico suono che la sua bocca conosca la devozione di sempre.

Un suono, uno solo, valido per tutto.

Sta a Bianca e Pietro capire cosa intenda, di volta in volta, con quella richiesta informe.

Cosa voglia veramente.

In questo caso è semplice.

Non ama rimanere a letto dopo essersi svegliato.

Il padre, intanto, cerca di aprire uno dei pacchi di pannoloni.

«MMMMMMMMMM.»

«Ecco! Rompicazzo.»

Spazientito, strappa la plastica della confezione.

Ne prende uno e si avvicina al figlio.

L'attenzione gli cade proprio sul pannolone, qualcosa non gli torna.

Lo allarga per vederlo meglio.

«Porca puttana quanto sono piccoli.»

Torna al pacco, lo controlla, ha la conferma che si tratti della taglia M, ma la sua espressione resta incerta.

«MMMMMMMMMM.»

Pietro chiude gli occhi, espira lentamente, intanto si avvicina al figlio, sino a sovrastarlo, lui in piedi, l'altro sdraiato.

«Buongiorno, Scrondo. Contento adesso?»

Ieri era il primo giorno d'autunno.

Oggi è l'ultimo d'estate.

Pietro e Jacopo entrano nel salone del bar, Agata è dietro al banco, al lavoro, con la solita espressione. Ora che la conosce un po' meglio, per quanto sia possibile con un estraneo in un paio di giorni, forse quella che a Pietro appariva come durezza, antipatia, ha ben altro nome e cognome.

Agata lavora come una bestia.

Dodici, quindici ore al giorno, senza mai fermarsi.

Di persone che lavorano a questi livelli ne ha viste poche. Lei, come la sua pensione, come questo paese, sono residuati di un altro tempo.

Pezzi arrugginiti di un mondo in cui la fatica era da piangere.

Non glielo dirà mai, neanche sotto tortura.

Ma Pietro ad Agata la rispetta.

L'unica gerarchia che vale per lui è quella della fatica e della sofferenza, e lei i galloni se li è meritati in battaglia. Questo non può non riconoscerglielo.

La sala del bar, a parte padre e figlio e un paio di clienti seduti ai tavolini, è deserta.

«Buongiorno.»

Agata saluta i suoi ospiti senza alzare gli occhi dai bicchieri che sta sciacquando sotto l'acqua.

«Se volete, per colazione ci sono anche dei dolci, me li porta una pasticceria di Campobasso, solo la domenica.»

Dentro la vetrina graffiata dal tempo, in bella mostra su vassoi, paste assortite di ogni tipo, quelle tradizionali, cioccolata, zabaione, crostatine con la frutta, i cannoli alla crema.

Pietro passa in rassegna tutto, si fissa proprio su un cannolo di sfoglia ripieno di crema chantilly. Era la pasta di quando era bambino.

«Io prendo un cannolo, per mio figlio cornetto semplice, il solito caffè e il bicchiere di latte bianco.»

Vanno a sedersi.

Dalla porta, ecco affacciarsi Oliviero con una signora.

Fa strano vederlo senza tuta da meccanico.

Indossa un paio di pantaloni di velluto neri e un maglione a collo alto, sopra una giacca, sempre scura, che ha visto tempi migliori.

«Buongiorno.»

Pietro si era appena seduto, si rialza immediatamente per salutare la coppia.

«Buongiorno, signor Oliviero.»

«Lei è mia moglie, Angelina.»

I saluti sono quelli di chi non è abituato a farli, pieni di vergogna, tenerezza.

Angelina è una donna attorno ai settant'anni, ma come per il marito è difficile darle un'età precisa.

«È il signore a cui sto riparando la macchina, te l'ho raccontato.»

Lei, dopo aver stretto la mano a Pietro, è calamitata da Jacopo e dalla sua assenza in vita. Ma non dice nulla.

«Noi ci andiamo a sedere. Ah. Mi stavo dimenticando. Domani alle undici la macchina è pronta, ieri pomeriggio c'ho lavorato fino alle cinque.»

È Oliviero a sciogliere l'imbarazzo di tutti.

Intanto, la padrona di casa arriva con il vassoio delle ordinazioni.

«Sicuro che non voglia pure lui una pasta, invece del cornetto semplice?»

Pietro la guarda.

«Mi piacerebbe tanto poterglielo chiedere.»

Nelle sue parole non c'è un grammo di provocazione, né sfida.

Agata se ne rende conto, prende atto di quanto quel desiderio, apparentemente naturale, microscopico, sia per lui impossibile da realizzare.

Poter fare una domanda, e aspettarsi una risposta.

«Ci credo.»

Non dice altro. Con il vassoio vuoto se ne torna al banco.

La moglie di Oliviero, Angelina, continua intanto a essere catturata da Jacopo, lo guarda cercando di non farsi vedere, maldestramente. Il marito la richiama di continuo, cercando di non dare troppo nell'occhio, anche lui alla fine con risultati assai goffi.

All'ennesimo richiamo silenzioso, Oliviero passa dalle parole ai fatti: sposta la sedia della moglie.

La mette leggermente obliqua rispetto a padre e figlio.

Lo sguardo che si passa con Pietro ha mille significati.

Oppure nessuno.

«Sono la signora La Rosa, Livia, piacere.»

La moglie del sindaco sembra sua sorella.

È entrata accanto al marito, in lieve imbarazzo rispetto al solito.

Pietro si alza dalla sedia e le stringe la mano.

L'abbigliamento vistoso, l'eleganza ricercata che diventa il suo triste contrario sono gli aspetti che colpiscono di meno.

È altro che lascia senza parole.

Quello che spaventa Pietro è la somiglianza fisica tra i due.

Dalla corporatura al viso, alla postura degli occhi, tra il finto aristocratico e la simpatia ostentata, forzata sino alla caricatura.

«Non far pagare nessuno dei presenti, Agata, tutto sul mio conto.»

Il sindaco sorride, bonario, quasi benedicente, con la moglie al braccio si avvia a un tavolino. La signora La Rosa non vuole essere da meno del marito: il ritratto della bontà. Ma non ha calcolato lo Scrondo.

L'espressione gaudente si incrina. Non riesce a mantenere l'esibizione in atto.

E Pietro gode. Sì. Gode.

Perché almeno si è conclusa quella recita indegna.

Non richiesta.

All'ipocrisia del bene ha risposto il male, vero e duro.

La signora La Rosa non sorride più.

La verità le è precipitata sul viso come uno schiaffo.

Ma Pietro aspettava altro.

Aspettava lei.

«Buongiorno a tutti.»

Gaia porta un paio di jeans e un dolcevita rosso, di cotone.

L'eleganza è una cosa semplice.

«Ciao.»

E la fantasia un dono che la vita concede agli uomini.

Lei passa e gli sfiora una spalla.

Pietro lascia questo mondo.

Lascia il figlio.

Bianca.

Si trasferisce in una terra chiamata felicità, dove vivono soltanto lui e Gaia, dove la bellezza è intramontabile e il male un ricordo lontano.

E si amano.

E tutto è sereno.

Come la giornata di primavera che è entrata con lei nel bar.

Ma la fantasia, così come viene, se ne va.

Ora Pietro vorrebbe piangere.

Soltanto piangere.

Era da secoli che non gli succedeva.

# II

Ognuno caricato della propria solitudine, in ordine sparso arrivano i clienti fissi di Agata per il pranzo.

Il loro viso, non appena si ritrovano, cambia radicalmente. Li accende un immediato sorriso. Il piacere di rivedersi, contenuto nei gesti, in poche parole, è così autentico da riuscire a fare breccia anche in Pietro.

Sembrano bambini all'entrata di scuola.

Nei loro sguardi corre una specie di promessa, per i giochi che verranno, l'allegria che nessun maestro potrà impedirgli di vivere assieme.

«Buona domenica giovani, oggi Agata vostra vi ha preparato le fettuccine, dalle cinque di stamattina che impasto.»

Uno dei più anziani solleva l'indice, la mano gli trema.

«Veramente le hai fatte tu?»

«Pasquale mio, mi manca solo che mi metto a fare le fettuccine a mano, ma sono fresche, non preoccuparti.»

Lui non sembra aver afferrato del tutto.

«Ma che ha fatto 'sto figlio?»

La vecchia, la più piccola di corporatura, quella che ieri ha lanciato un applauso in direzione di Agata, si è avvicinata al tavolino di padre e figlio senza che se ne accorgessero.

Una ragazzina di almeno ottant'anni, non oltre il metro e cinquanta, i capelli bianchissimi tutti tirati indietro e trattenuti da spillette nere, come nero è ogni capo d'abbigliamento che indossa.

«È autistico, a basso funzionamento, bassissimo.»

«Che?»

E il come e il cosa e il perché.

Pietro non vorrebbe infierire, è così dolce la vecchina, ma sa che il minimo pertugio aprirebbe una falla di domande.

«Significa, signora, che non parla, non sa fare niente, si piscia e caca addosso.»

Lei alza le sopracciglia, colpita, ma neanche troppo.

«Caspita. Peggio di me.»

Senza aggiungere nulla, prosegue in direzione della sala ristorante.

«Su, Gaia ha finito di apparecchiare, andatevi a sedere.»

Il piccolo gregge di vecchi obbedisce alla padrona di casa.

«Anche voi, andate ad accomodarvi, per Jacopo ho fatto delle patatine fritte, piacciono sempre tanto ai ragazzi.»

«Grazie.»

Pietro non ha avuto il coraggio di dire ad Agata che, di solito, preferiscono evitare il fritto al figlio. Il suo stomaco non lo tollera.

Anche se lui lo adora.

Come l'eleganza, anche la bontà è una cosa semplice.

E Agata ha le chiavi per aprire il regno del gusto.

Per le fettuccine ha preparato un sugo al burro e basilico, niente di più elementare.

I vecchi mangiano in religioso silenzio, i complimenti iniziali alla cuoca hanno lasciato il posto alla degustazione lenta, lentissima, come a voler prolungare il più possibile quella bontà.

Jacopo, una volta avviato, gradisce come gli altri.

Gaia osserva tutti, anche lei alle prese con quelle fettuccine meravigliose, di tanto in tanto si guarda con Pietro, il mezzo sorriso che si scambiano è sottolineato da un occhiolino, è lei a farlo.

«Allora, che mi dite, buone?»

Finalmente anche la cuoca e padrona di casa si siede a mangiare.

«Un capolavoro, Agata mia, un capolavoro.»

È il più giovane della tavolata all'apparenza, un signore di almeno settant'anni, ad aver risposto, i suoi occhi si fanno improvvisamente lucidi, prende di corsa il fazzoletto e se li asciuga.

«Scusate, mi sono commosso.»

«A saperlo che vi faceva questo effetto vi preparavo una pasta in bianco.»

Lei, come suo solito, sdrammatizza.

Gaia, seduta al suo fianco, le prende la mano, gliela stringe.

«No. Stavolta i complimenti te li prendi tutti. Secondo me sono così buone perché ci hai messo tutto l'affetto che hai per i tuoi ospiti, per quelli soliti e per quelli nuovi.»

E si volta verso Pietro e Jacopo.

Agata non riesce a rispondere con il suo solito sarcasmo. Guarda la mano di Gaia che stringe la sua.

Il mento largo le trema.

Si alza di scatto.

«Le patatine fritte! Mi si bruciano.»

Va di corsa in cucina.

La commozione, pure lei, non se la permette.

Il vassoio al centro del tavolino.

Le patatine fritte sono servite.

Lo Scrondo ha iniziato a dondolare freneticamente: le ha viste. O ne ha sentito l'odore. Pietro ne prende una parte, poche, giusto una manciata, e le mette nel suo piatto. Lui si lascia avviare con facilità. Si mette in moto che è una bellezza.

Pietro sa che le altre le deve far sparire, ne mette un po' nel suo piatto, poi si alza e porta il vassoio al tavolo di Agata e Gaia.

«Scusate, ve le lascio qui, Jacopo non può mangiarne tante, lo fanno stare male.»

«Mi dispiace. A saperlo non le avrei fatte. Pensavo...»

«No, ha fatto bene, gli ha fatto senz'altro un regalo, ma il troppo stroppia, come si dice.»

Agata si rincuora.

«Anzi. Complimenti anche da parte mia per le fettuccine, erano eccezionali.»

«MMMMMMMMM.»

Lo Scrondo pesca a vuoto.

Il gesto meccanico cerca senza più trovare patatine.

Il padre torna al tavolo, ne mette un po' delle sue nel piatto del figlio.

«Che gli piacciono è sicuro.»

Gaia sorride alla golosità di Jacopo, Pietro le risponde con la stessa moneta, ma qualcosa lo preoccupa, anche se cerca di non darlo a vedere.

«Ne mangerebbe per ore, ma poi sta malissimo, una volta...»

«MMMMMMMMM.»

Di nuovo.

Il piatto è rimasto senza materia prima e lo Scrondo ne vuole ancora.

Il padre sbuffa.

Si avvicina a lui, al suo orecchio.

«Giuro che se poi ti senti male t'ammazzo.»
Sa di aver parlato al vento.
«MMMMMMMMM.»
Prende il suo piatto e svuota le poche patatine rimaste in quello del figlio. Poi torna a sedersi.
Si guarda attorno per capire se qualcuno ha visto, sentito, quel che ha detto. Ma sono tutti impegnati con il cibo.
Il figlio pesca patatine a velocità incredibile.
Le mastica appena, in pratica le ingoia intere.
Ne mancano giusto un paio.
«MMMMMMMMM.»
«Basta Jacopo. Sono finite.»
«MMMMMMMMM.»
«Jacopo, sono finite!»
Il dondolamento, da frenetico, si placa lentamente, ma il corpo resta rigido, teso, l'espressione del viso contratta, incattivita.
«Bravo. Le patatine sono finite.»
Tutti guardano in direzione di padre e figlio.
Anche Gaia.
E Pietro guarda a sua volta tutti, senza smettere di vigilare sul figlio.
«E ora un bell'applauso per Agata e le sue fettuccine!»
È sempre lei, neanche fosse l'animatrice di un villaggio, è la vecchia alta come una bambina a gridarlo.
L'applauso parte fragoroso.
Jacopo sembra colpito da un fulmine.
Pietro si rende immediatamente conto di quello che sta succedendo.
Si alza per avvicinarsi al figlio.
Ma il figlio è più veloce. È in piedi prima di lui.
Lo sovrasta.
Il tavolo di vecchi non si accorge di nulla.

Continua l'applauso.
Jacopo si porta le mani sulle orecchie.
Sembra proteggere il suo udito da punte di trapano.
La faccia si distorce, si contrae in un'espressione di dolore disumano.
«MMMMMMMMMMMMMMMMMMMMMMMMMMMMMMM.»
«FERMI PERDIO!»
L'urlo di Pietro esplode nella sala.
Tutti si paralizzano all'istante.
Dal loro tavolo accorrono Agata e Gaia.
«Jacopo, è papà, è papà Jacopo, calmo, stai calmo.»
Il corpo del figlio continua a essere attraversato dall'alta tensione.
Uno scatto. Poi un altro.
Il figlio inizia a correre.
Vorrebbe scappare.
Non si sa dove.
Sempre con le mani sulle orecchie.
Il padre si aggrappa al suo braccio, è più basso di lui.
«Calmo. Stai calmo. La senti la voce di papà?»
«MMMMMMMMMMMMMMMMMMMMMMMMMMMMMMM.»
Un nuovo scatto, con il padre trascinato dal figlio.
«Voi, avete finito di mangiare, andatevene a casa, ci vediamo domani.»
Agata ordina e i suoi ospiti eseguono all'istante.
Si alzano alla velocità che è concessa dai loro anni e si avviano verso l'uscita.
La vecchia bambina che ha lanciato l'applauso guarda Pietro al colmo della compassione, della vergogna.
«Io che ne sapevo.»
Ma lui è troppo preso dal figlio per darle ascolto.
Perché ai piedi di Jacopo è comparsa una chiazza marrone.

Scende giù lungo i pantaloni.

Liquida. Si allarga.

«Vado a prendere degli stracci.»

Agata sparisce in cucina.

«Queste sono le patatine fritte, con la paura, poi lo sapevo che i pannoloni nuovi erano piccoli.»

Pietro sorride in direzione di Gaia.

Sorride con la bocca che trema.

Intanto la chiazza sul pavimento continua ad allargarsi.

«Non preoccuparti, vallo a cambiare, vi aspetto qui.»

«Anche un'altra volta, in un centro commerciale, uguale, la stessa cosa. Ci guardavano male tutti.»

Gaia piange al posto di Pietro.

«Eccomi.»

Agata arriva, inizia a mettere gli stracci attorno ai piedi di Jacopo, il padre gli fa pulire le scarpe per bene.

«Ora andate, io do una bella lavata con la candeggina e torna tutto come nuovo.»

«Grazie.»

Se ne vanno sottobraccio.

A guardarli così, di spalle, controluce, sembrano due vecchi amici che hanno fatto baldoria.

Due sbronzi che si reggono a vicenda.

# III

Nulla sembra successo.

L'odore di candeggina sovrasta anche il profumo delle fettuccine che Agata ha preparato per il pranzo dei suoi ospiti.

Padre e figlio tornano nella sala ristorante, il figlio con una tuta grigia tutta stropicciata e stretta sulle gambe, corta alle caviglie.

È il pantalone del "kit abbigliamento d'emergenza", ma è rimasto nel borsone troppo a lungo, e nel frattempo Jacopo ha continuato a crescere.

Ormai avrà superato il metro e ottanta, anche se, a diciott'anni compiuti da poco, la sua crescita dovrebbe essere arrivata al termine. Almeno quella fisica. Perché quella mentale non si è mai mossa veramente, anzi, semmai ha camminato al contrario, riportandolo al neonato che è oggi.

«Sedetevi al vostro tavolo, se vuoi ti porto un caffè.»

Gaia si è affacciata dalla cucina, Pietro, ancora stravolto dall'imbarazzo, accetta con un gesto del capo.

Padre e figlio si vanno a sedere.

Nell'aria, ironia della sorte, a parte la candeggina si ricomincia a sentire proprio odore di patatine fritte.

Ma è leggerissimo, e lo Scrondo non sembra coglierlo.

«Domani devo chiedere al farmacista se mi cambia la taglia dei pannoloni, noi usiamo un'altra marca e la media è molto più grande, questi sono piccoli.»

Un modo come un altro per rompere il silenzio.

«Il dottor Tarallo passerà senz'altro, le chiavi della farmacia ce le ha sempre dietro, nel caso glielo chiediamo oggi.»

Gaia poggia i due caffè al centro del tavolo sparecchiato.

«E ora ci riposiamo.»

«Devo ricordarmi di ringraziare la signora Agata.»

Pietro continua a rimasticare quanto accaduto poco prima.

«Certo, ma non stare a pensarci, solo un pazzo non capirebbe la situazione. Anzi.»

Gaia si zittisce, resta sospesa sul suo ragionamento, con gli occhi va a Jacopo, poi al padre.

«Non voglio essere indelicata. Ma vorrei farvi conoscere tante persone che si lamentano, che brontolano per tutto, gli farei vedere la vostra vita. Il tuo, Pietro, e quello di tua moglie, è un sacrificio enorme.»

Quante volte ha sentito queste parole.

Quante volte si è sentito elogiare come un eroe.

Se non fosse perché Gaia è Gaia, Pietro le risponderebbe come fa di solito di fronte a simili digressioni:

"È il destino."

Una lapide da mettere sul discorso.

Dire tutto per non dire niente.

Affibbiare la colpa all'imponderabilità degli eventi.

Guarda la donna che ha di fronte, il suo sorriso.

«A parte il sacrificio, la questione è un'altra, la vuoi sapere?»

Pietro manda giù il caffè.

«Che se a ogni uomo e donna di questa terra dicessero quanto è difficile fare figli normali, nessuno ne farebbe più. Basta un niente, una proteina non assimilata, un enzima che non fa il suo lavoro. La normalità è come un biglietto della lotteria. Invece tutti pensano che sia naturale il contrario. Che un figlio è come un elettrodomestico, costruito per funzionare alla perfezione. Soltanto chi ci passa sa quante competenze ci vogliono per attraversare una strada, per prendere una penna in mano.»

«Ci sono anche tanti normali che sono fuori di testa, guarda il sindaco.»

La battuta di Gaia fa ridere entrambi.

Ma a Pietro l'allegria dura poco.

Da allegria a serietà.

A ira. Malcelata.

«Il figlio malato te lo manda il destino, e io non so dove andarlo a cercare per mettergli le mani addosso, ma non è solo quello che ti consuma, ci sono tanti, tanti maiali. Gente che dovrebbe aiutarti. Ma chi ti aiuta? Nessuno. Te l'ho detto. Maiali.»

Pietro guarda suo figlio.

«Dalla prima diagnosi di autismo a basso funzionamento ci hanno iniziato a segnare terapie su terapie. Facile per loro. È come il signor Oliviero con la frizione della mia Golf. Basta l'esperienza e un po' d'orecchio per capire il guasto, e il gioco è fatto. Poi?»

Gaia scrolla la testa, non sa.

«Poi ti ritrovi a casa, in zone dove le strutture pubbliche quelle terapie non le passano. Oppure la fila è di anni. E gli anni non te li puoi permettere, perché nello sviluppo ogni giorno è prezioso. E allora che devi fare? Ti devi mettere a cercare privatamente. E a pagare. Pagare. Tutto e tutti. Le strutture di neuropsichiatria infantile sono quasi ovunque al collasso. Perché poi, non sanno neanche loro il motivo, alcune patologie sono esplose, la richiesta è enorme, e se non hai i soldi sei finito.»

«Se penso al ragazzo autistico che viveva qui a Sant'Anna, sino a pochi anni fa non si sapeva niente, certi disturbi non si conoscevano ancora, finivano nei manicomi, o nel migliore dei casi negli istituti religiosi.»

«Ma oggi le cose si sanno.»

Pietro risponde a Gaia con sofferenza.

«Oggi a un genitore dicono tutto, anche quello che non vorrebbe sentirsi dire. Ti dicono che tuo figlio ha un potenziale, che con le terapie giuste, nei posti giusti, quel potenziale si può tirare fuori. E se uno non ha le possibilità? Se sei un morto di fame? Magari se Jacopo fosse nato da un padre più ricco, più bravo a fare soldi, avrebbe frequentato centri migliori, i migliori terapisti. Chissà, forse starebbe un po' meglio. Alla fine si impazzisce. Si diventa cattivi.»

Silenzio. A parte il cigolio della sedia occupata da Jacopo.

Dondola e respira.

Respira e dondola.

«Io, noi, siamo riusciti a fargli fare quasi tutto quello che c'hanno segnato negli anni. A lui le terapie sono servite a poco. Gli effetti li vedi con i tuoi occhi. Ma il suo problema è la capacità cognitiva, è talmente regredita che niente e nessuno riesce a smuoverlo.»

Indica a Gaia il figlio.

«Almeno, ora che è grande speriamo di aver finito con i test clinici. Io e mia moglie li abbiamo vissuti come un incubo. Ci ossessionavano. Un test per tutto. A che età ha detto la prima parola? Quando ha gattonato? Fra i quattro e i cinque anni quante parole diceva? E la socialità? Abbiamo passato anni a mettere croci su centinaia di test, per loro nostro figlio viveva lì dentro.»

Agata esce dalla cucina diretta alla sala ristorante, appena intuisce i discorsi che si stanno consumando torna sui suoi passi.

«L'unico risultato raggiunto è un altro. Ma è mio. Solo mio. Hai presente un cancro? Che ti mangia senza che nessuno se ne accorga?»

Pietro è una foglia che trema.

«Io per Jacopo mi sono rovinato. Quello che ho detto ad Agata e Oliviero, delle carte bloccate per un disguido tra azienda e banca, è tutta una cazzata. È la normalità. Ogni mese scendo sotto il fido che la banca mi ha concesso: tremila euro. E mi bloccano i conti. L'ultima settimana del mese si va a vela, come si diceva da ragazzi quando finiva la benzina. Lunedì mattina arriverà lo stipendio e mi sbloccheranno le carte. Ma questo mese, con i soldi che devo dare a Oliviero e Agata, finirà molto prima.»

«Scusami e lui non ha una pensione, o qualcosa di simile?»

«Sinora ha preso poco sopra i cinquecento euro, l'accompagnamento per un minore totalmente invalido. A maggio ha fatto diciotto anni, abbiamo iniziato la pratica per la pensione vera e propria, sarà sui millecento, milleduecento euro.»

Gaia è come se tornasse a respirare, dà un cazzotto al braccio di Pietro.

«E cazzo! La vita vi cambierà, no?»

Lui vorrebbe tanto dire di sì.

«Sì, ci darà una mano, senza dubbio. Ma. La situazione è più, più grave. Io negli ultimi quindici anni ho ammucchiato debiti enormi. Oltre... centocinquantamila euro.»

Gaia a quella cifra si spegne.

«Com'è possibile? Se ti va di dirmelo, sennò non fa niente, ma sei caduto sotto qualche usuraio?»

«No. I debiti ce li ho tutti con lo Stato, e con le banche.

Non pago nulla da anni, dal bollo dell'auto all'immondizia, ho un centinaio di cartelle esattoriali che mi aspettano, tutte giuste, se uno non paga. E poi ho cinque carte di credito, sai quelle revolving? Quelle che ti dicono "spendi quello che vuoi e paghi una rata fissa al mese". Nessuno ti dice però che molte sono al diciassette per cento di interesse. E infatti io rateizzo, rateizzo tutto. Tra un po' anche l'aria che respiro la prenderò a rate.»

«Non puoi andare da, che ne so, un funzionario dell'Agenzia delle entrate? O un giudice di pace, qualcuno a cui spiegare lo stato in cui ti trovi, e che ti possa dare una mano, anche solo a unificare il debito. Una rata al mese per tutto. Già quello...»

Pietro la guarda con tenerezza, non fosse Gaia i suoi occhi la infilzerebbero.

«Ma chi ti aiuta? E poi io sono in una posizione che non interessa a nessuno. Io non sono disoccupato. Non sono un autonomo con la partita IVA. Ho un lavoro a tempo indeterminato. Trentacinquemila euro l'anno, lordi naturalmente. Diventano milleduecento euro al mese. Con tredicesima e quattordicesima, più l'assegno familiare per Jacopo, più il suo accompagnamento di cinquecento euro arriviamo a quasi duemila al mese.»

«Non sono pochi.»

Gaia è quasi severa nel dirlo.

«Solo che di terapie spendiamo seicento euro al mese. E noi abbiamo trovato persone oneste. Più seicento euro di mutuo. Senza contare che con il fatto di lavorare in regola perdo le agevolazioni di quelli che hanno un ISEE più basso del nostro, ma solo perché molti lavorano in nero. Se vuoi continuo.»

Lei fa di no con la testa.

«Scusami.»

È in imbarazzo, si è resa conto di quanto sia stato avventato, superficiale, il suo commento.

«La verità è una sola. Mio padre faceva il poliziotto, non lo capisce, per lui il posto fisso è come una benedizione di Dio, e non si tocca. Ma io con il lavoro, con lui in questo stato, mia moglie a casa, io con il lavoro non riesco più a tenermi a galla, non sopravvivo. Affondo lentamente. Questo dico a mio padre. Affondo lentamente. Arriverà il giorno che nessuno mi darà più credito e sarà la fine. La famiglia di Borzacchi Pietro alzerà bandiera bianca. Dichiarerà fallimento.»

Gaia vorrebbe controbattere, ma non ha argomenti. Pietro si accorge di averla intristita.

«Non volevo metterti il magone, scusa.»

«Che magone, è che è difficile, veramente.»

«Anagni è vicina all'Autostrada del Sole, la faccio spesso. La soluzione sarebbe un bell'incidente, non mortale ovviamente, ma, che ne so, due gambe rotte, e un braccio. Mi riposerei e l'assicurazione mi darebbe un po' d'ossigeno.»

Gaia scoppia a ridere. Pietro rimane serio.

«Guarda che non dico per scherzo. Con due gambe rotte mi rimetterei in sesto. Detto così, in effetti, fa un po' ridere.»

Anche lui si lascia andare. Ma per poco.

«La cosa brutta è un'altra. La povertà ti rimane attaccata addosso. Ti perseguita. Anche quando potresti stare tranquillo ti buca il cervello. Vivi per lei. Io so a memoria il prezzo di tutto. A quale discount comprare lo scatolame, dove la pasta, i giorni in cui i supermercati fanno gli sconti per chi ha familiari con invalidità. I frigo dove vendono i prodotti in scadenza. Da oltre dieci anni so alla perfezione quanto ho in tasca, in questo momento ho venticinque euro, un foglio da venti e uno da cinque.

Ed è tutto quello che ho. So quanto sto sotto in banca, le scadenze di tutte le rate. Da dieci anni è come se vivessi con un coltello puntato alla gola. E sono stanco. La verità è che sono stanco.»

Pietro è snervato, prosciugato.

Una pianta secca.

Gaia gli prende una mano, gliela stringe.

Lui resta a guardare le due mani una sopra l'altra.

Si ridesta lentamente.

«Adesso per fortuna ci sarà quest'anniversario. Per qualche giorno io e mia moglie ci riposeremo. A Jacopo baderanno mia suocera e i miei cognati.»

«Secondo me, questo devi riuscire a fare. Prendere il buono che c'è dentro ogni cosa.»

Sono banali le parole di Gaia, ma a Pietro fanno bene lo stesso.

Lei toglie la mano, sembra ragionare su qualcosa, gli occhi le si illuminano.

«Oggi è una bella giornata, se ti va, se per Jacopo non è troppo stressante, mi piacerebbe portarvi su una collina che sta proprio dietro casa mia. Il panorama è bellissimo. Almeno prendete un po' d'aria. Un po' di sole.»

«Va bene.»

Pietro ha risposto trattenendo a stento l'entusiasmo.

«Una passeggiata farà bene anche a Jacopo.»

Ma non è al figlio che sta pensando ora.

Pensa a se stesso.

E al suo cuore che galoppa.

# IV

Gaia ha gli occhi nocciola.

Attorno alla pupilla, però, si fanno verdi, con piccole, quasi impercettibili, venature gialle.

E sono buoni.

Gli occhi di Gaia sono buoni.

Mentre i suoi non sanno di niente.

Almeno così gli appaiono ora che se li squadra davanti allo specchio.

Sono scuri, scuri e basta.

Come facevano, una volta, a dire che fosse bello?

Pietro anche questo si chiede, mentre si guarda.

Ora è un signore raggrinzito, stempiato, che continua a vestirsi da ragazzo.

Il suo abbigliamento prevede jeans e sneakers come elementi fissi di una divisa adottata dall'infanzia in poi. A seconda della stagione, invece, cambia la parte superiore. T-shirt, al massimo una polo, d'estate. Felpe d'inverno.

Come questa con cappuccio, grigia, il baffo della Nike scolorito sul davanti.

Si mette a contare, gli anni, i decenni.

Pietro rabbrividisce, gli è piombato addosso il tempo della sua vita, tutto, dal giorno in cui mise piede nel negozio per comprarla.

Quella felpa avrà quasi trent'anni.

Lui era un ragazzo.

L'estate a Marina di Ginosa doveva ancora accadere.

Tutto doveva ancora farsi, per come si è fatto.

Ma non vuole lasciarsi andare alla solita disperazione.

Scaccia con un gesto del capo, come fosse una mosca molesta, la sua vita.

Prova a sorridersi allo specchio.

Il risultato non cambia.

Un uomo di cinquant'anni, vestito da ragazzo, con una felpa sgualcita.

Sempre meglio della camicia che portava da quasi tre giorni, puzzava di sudore, troppo.

Pietro esce dal bagno.

Lo Scrondo si è addormentato.

Lo tira su per un braccio, senza nessuna grazia.

«Svegliati.»

Jacopo vorrebbe ricadere sul letto, ma il padre non glielo concede.

Lo mette in piedi.

A braccetto lo porta davanti al lavandino.

Gli lava il viso con l'acqua fredda.

«Quanto sei stronzo.»

Pietro non ce l'ha con il figlio, ma con la propria immagine riflessa, è a se stesso che lo sta dicendo.

«Vedi se ce lo avevi? Invece lei no, lei non vuole.»

Vorrebbe avere con sé lo Xanax, il neuropsichiatra gli ha detto che in caso di necessità, nei momenti in cui Jacopo è più frenetico, o irascibile, gliene possono dare qualche goccia, o una pasticca, al massimo da 0,5 milligrammi. Ma Bianca è sempre stata restia a darglielo. Anche perché il figlio è raramente nervoso.

Nel bene e nel male è sempre lo stesso.

Nessun picco, né verso l'alto, né verso il basso.

«Eh, Scrondo, ti facevi una bella dormita, e io potevo stare tranquillo, ti davo lo Xanax e buonanotte.»

Escono dal bagno.

Pietro afferra il telefonino, guarda l'ora.

Le quindici e trentacinque.

Sono in ritardo di cinque minuti.

Anche Gaia si è cambiata.

Non porta più i jeans e il dolcevita rosso.

Ora ha una gonna a pieghe sotto il ginocchio, a scacchi verdi e marroni, sopra un maglioncino di cotone, bianco.

Ai piedi, delle scarpe da trekking.

«Siete pronti?»

Pietro è un bambino talmente emozionato da non riuscire a dire nulla.

Lei guarda le scarpe di padre e figlio.

«Perfette, non che ci siano pericoli, però è una camminata che a farla in mocassini non è proprio comoda.»

«Gaia.»

È Agata, Pietro non l'aveva vista, se ne sta dietro al banco del bar.

«C'è una bottiglia d'acqua e un paio di merendine, se a Jacopo viene fame.»

Le allunga una sacca di cotone.

«Si parte!»

Padre e figlio eseguono l'ordine, i tre escono dal locale.

La temperatura, rispetto a ieri, sarà più alta di almeno dieci gradi, il sole, malgrado abbia già iniziato a calare, accende la pietra bianca delle case sino a renderla fastidiosa per gli occhi.

«Ma è estate.»

Pietro lo dice cercando di mostrare buon umore.

In realtà a lui il caldo non piace, e poi non può togliersi la felpa, sotto sta in canottiera, bucata, piena di macchie, la porta da tre giorni.

«Passeremo dentro il centro storico, vi farò vedere anche casa mia.»

Gaia, ad andatura moderata, ha preso la strada principale del paese, si inerpica verso la parte alta. Padre e figlio la seguono, sempre a braccetto.

Le case, i tinelli, così come le scritte fatte con la vernice sui muri, una ancora inneggiante al Partito comunista, a Sant'Anna del Sannio il passato è così presente da sembrare ricostruito.

Finto.

«Ci potrebbero fare un film, d'epoca intendo.»

Pietro commenta mentre inizia, lui così poco atletico, vitale, ad avere il fiatone.

Gaia si gira.

«È vero, anche se di brutture ce ne sono parecchie.»

Gli indica una parabola arrugginita, in disuso, messa su un balcone.

Malgrado qualche persiana sia aperta, non arriva un rumore, segno di presenza umana.

«Non ti fa paura a vivere in un posto così, così, non so come dirlo.»

«Desolato? Abbandonato?»

Pietro non voleva infierire, annuisce agli aggettivi che lei ha proposto.

«Dopo gli anni che ho vissuto a Napoli, soprattutto dopo la morte di mio padre, cercavo proprio questo. La pace. Il silenzio. Facciamo un gioco. Se ti chiedessi cosa vuoi tu dalla vita mi sapresti rispondere? Senza pensarci troppo.»

«Io?»

«Sì.»
Pietro si blocca, sembra andare in crisi. Annaspa.
Anche perché è affannato e deve riprendersi.
Jacopo, come il padre, non è abituato a camminare in salita, pure lui deve tirare il fiato.
«Io. Voglio. Vorrei. In fondo le stesse cose di tutti. Un po' di pace. Di riposo. I soldi. Ma quello che voglio io non conta.»
Gaia non si era accorta che i due si erano fermati.
Torna di qualche passo indietro.
«Conta eccome. Tu hai un figlio malato, ma devi pensare anche a te.»
«Con un figlio malato pensare a se stessi è l'ultima delle preoccupazioni.»
«Invece devi riuscire a farlo.»
Pietro annuisce.
Anche se non ha capito il senso di quelle parole.
O meglio.
Spera che il senso sia quello che gli ha dato lui.
«Se vi siete riposati abbastanza riprenderei, sennò arriviamo con poca luce, è un peccato.»
I tre tornano alla salita.
Sulla destra una piazzetta.
Una chiesa con il portone sbarrato, sui gradini, a ciuffi, l'erba come a volersi riprendere la terra rubata.
«È chiusa da tempo.»
«Lo so, me l'ha raccontato Agata.»
«Quella invece è casa mia.»
Gaia indica il secondo piano di un palazzetto ristrutturato, uno dei pochi in mezzo agli altri quasi tutti decrepiti.
Dalle persiane aperte si intravede un bel soffitto ricoperto di travi in legno, nuove.

«Mia madre starà riposando, fosse stata un'altra ora ve l'avrei presentata.»

«Non preoccuparti.»

Superata la piazzetta con la chiesa, il viale principale si biforca. Da una parte arriva al palazzo del comune, chiuso, dall'altra continua a salire verso un boschetto. Sino a un certo punto la strada è asfaltata, poi diventa di terra, si restringe sino a trasformarsi in un sentiero che va a infilarsi in mezzo agli alberi.

«Dài, cinque minuti e siamo arrivati.»

Gaia, Pietro e Jacopo si lasciano alle spalle il paese.

Dal primo piede poggiato sull'erba, un profumo di legno bagnato e funghi, a sprazzi il sottobosco è abitato da ciclamini viola, alcuni sono ancora accesi dal sole, poi ricci di castagna e rovi.

«Mi hai chiesto perché vivo qui. Ecco perché.»

Dopo aver oltrepassato il boschetto, una radura affacciata sui monti.

Pietro, violentato dal destino, regredito a una vita senza bellezza, si porta una mano sulla bocca.

«Dio mio che meraviglia.»

Oltre al panorama, è l'aria, l'aria gonfia di tramonto, a rendere la visione un dono per gli occhi.

Un cielo azzurro che diventa arancio, sino al rosso infuocato del sole che cala.

Sembra di vivere un sogno.

Quelli dove Pietro si rifugia.

Ma questo non è un sogno.

E Gaia è fatta di carne, ed è qui accanto a lui.

«Grazie.»

Solo questo riesce a dirle.

# V

I tre ragazzi che ieri stavano nel bar di Agata.

Pietro li nota soltanto ora.

Stanno distesi sul prato, sul versante destro della radura.

Li guardano con espressioni non proprio amichevoli, un attimo dopo si alzano, si avviano verso di loro. Gli sfilano a fianco.

«Ciao, Gaia.»

A parlare è uno dei due maschi, a passo veloce si infilano nel bosco che riporta alla civiltà, la ragazza si volta per assestare un'ultima occhiata insofferente.

«Ciao, Alberto.»

Spariscono tra gli alberi.

«Lo senti il profumo?»

Proprio su questo Pietro si stava concentrando.

Nell'aria, al loro passaggio, un odore che conosce, senza riuscire a individuarlo, a dargli un nome.

«È erba, vengono qui a farsi le canne, tutto il pomeriggio, gli abbiamo guastato i piani. Non mi dire che non hai mai fumato!»

«Ecco che era!»

Una visione nitida.

Un gruppo di ragazzi canta a squarciagola *Vita spericolata* di Vasco Rossi, se ne stanno chiusi dentro una vecchia

Uno, parcheggiati in mezzo al nulla, attorno c'è solo buio e campagna.

Tra loro, un giovanissimo Pietro dà un ultimo tiro alla canna, poi la passa al suo vicino. Gli occhi sfatti, il sorriso inebetito, ma felice.

«Certo che ho fumato, sembrano passati mille anni.»

Gaia si china, tocca il prato in più punti.

«I ragazzi mica sono scemi, ci ha battuto il sole tutto il giorno, è bello asciutto, mettiamoci giù pure noi.»

Pietro annuisce, da quando è arrivato in quel posto ogni cosa gli sembra semplicemente perfetta. Anche l'idea di sedersi sul prato.

La prima a sdraiarsi è Gaia, nel farlo mostra le gambe magre, nervose, Pietro è in imbarazzo, finge di guardare altrove, ma le ha viste, bellissime, ha una specie di vertigine.

Si sta per allungare pure lui, ma un sussulto lo blocca.

S'era dimenticato del figlio.

Una sorta di miracolo.

O, visto il malessere che sta provando ora, uno dei tanti dispetti infantili che il destino gli tira da sempre.

Prende lo Scrondo per un braccio, lo piega verso il basso.

Jacopo, però, si irrigidisce, non riesce a capire cosa voglia il mondo da lui, perché gli chieda quella cosa nuova e inaspettata.

Il padre è costretto a fare forza, a spingerlo verso l'erba.

Alla fine, con una culata, più che sedersi, cade.

«Mmmmmmmmmm.»

Dondola furiosamente, non si ritrova, non comprende, le dita della mano destra passano con altrettanta foga sui pantaloni.

«Calmo Jacopo, calmo, senti l'erba, senti quanto è morbida.»

Pietro prova a fargli toccare il terreno su cui lo ha fatto sedere.

«Mmmmm.»

Un poco alla volta, dal respiro all'eterno dondolio, tutto rallenta.

«Si sta calmando.»

«Non dice mai nulla?»

«Il suo caso è particolare, ammesso che ci siano autismi che non lo siano, la sua involuzione è stata totale, sino ai sette, otto anni aveva ancora ecolalie, non so se ce l'hai presente, ripeteva parole.»

«Sì, so cosa significa.»

«Poi ha perso anche quelle. Abbiamo tentato di tutto per restare in contatto con lui, per avere degli scambi, anche con i comunicatori simbolici, dei tablet fatti apposta. Ma lui non ci riesce. Uno dei tanti medici che abbiamo visto, parecchio anziano, ci ha detto che per lui era un caso di sindrome disintegrativa dell'infanzia, anche molto rara, ma oggi pare che, come patologia, non si riconosca più, oggi si parla di disturbo generalizzato dello sviluppo. Ad alto o basso funzionamento. Punto.»

E il come e il cosa e il perché.

Lo Scrondo vince sempre.

È Gaia a reagire, si impone il sorriso che solo lei possiede al mondo.

Almeno per Pietro.

«Bando alle ciance, facciamoci una foto, io con i selfie non sono brava. Ma una foto ci vuole. Guarda che colori che abbiamo attorno.»

Ha ragione, il cielo, ora che il sole è sparito dietro una delle montagne più alte, sembra letteralmente andare a fuoco. L'aria è satura di rosso.

Tende la mano verso Pietro, lui, colto di sorpresa, si

piega per tirare fuori dalla tasca posteriore dei jeans il telefono.

Lo sblocca, smanetta per avviare la fotocamera.

«Tieni. È pronta per scattare.»

Gaia armeggia per mettere tutti e tre nell'inquadratura.

«Oh! E sorridi, così sembri pronto alla fucilazione!»

La battuta va a segno, e lei è brava a immortalare l'istante giusto.

L'istante in cui Pietro, sorridente, non sembra felice.

Lo è.

«Tieni, poi ci scambiamo i numeri, me la giri. Attento che ti è entrata la modalità aereo, sbloccalo.»

Lui si riprende il telefono con un gesto veloce.

«Sarà stato quando ho avviato la fotocamera.»

Se lo rimette in tasca.

Il cielo inizia a spegnersi, da altezze infinite ecco presentarsi le prime stelle.

«Ti chiedi mai cosa senta? Anche rispetto a momenti belli, come questo.»

Gaia torna con gli occhi a Jacopo.

Pietro la guarda cercando di mascherarsi, come fa sempre con il mondo.

Ma lei ha fatto saltare ogni messa in scena, ogni recita.

«Non sente niente.»

Il viso le si contrae, non riesce ad accettare quella risposta.

«Dài, lo sai pure tu che non è possibile. Qualcosa sente, a te ti riconosce, poco fa si è calmato perché ti ha sentito.»

Pietro osserva il nulla, sospeso.

«Hai ragione. Non è lui che non sente. Sono io. Mia moglie ha il cuore più grande del mio. Lei continua ad amarlo, sempre, comunque. Io ho smesso. Io non ho più niente da dare. Niente.»

Gaia gli poggia una mano sul ginocchio.

«Sono periodi. Il bene finisce, ma è come una pianta, basta aspettare, far passare l'inverno, e tutto ricomincia. E poi oggi si è meno soli rispetto a tante situazioni, malattie. Anche gente dello spettacolo ne ha parlato, ne parla, c'è meno pregiudizio.»

Pietro sorride, d'amarezza.

«A tutti quelli che parlano di certe malattie dei propri figli, mi piacerebbe chiedergli quanto guadagnano al mese, quante persone li aiutano, quanto tempo passano veramente con i figli. La verità è che esistono ancora i ricchi e i morti di fame, e se sei un morto di fame e ti ritrovi a combattere non ti aiuta nessuno, non interessi a nessuno.»

Il silenzio della natura sovrasta tutto.

«Non sai quanto ho pregato. Ovunque. Ho passato anni a offrire la mia vita, la mia salute, in cambio di quella di mio figlio. Vederlo ridere. Correre. Parlare. Ho pregato da finire le preghiere. Non mi ha mai risposto nessuno.»

Neanche a Bianca lo ha mai detto con questa sincerità.

Il cielo, le stelle apparse, benigne, l'ultima luce che abbandona il giorno.

Tutto sembra un invito.

Pietro si piega verso la bocca di Gaia come fosse la cosa più naturale del mondo.

Invece no.

Gaia, in imbarazzo, sposta il viso, quel tanto che basta a fare di quel gesto un tentativo fallito. Goffo.

Lui si tira indietro, velocemente.

Ora il silenzio sa meno di pace.

Pietro ha il viso in fiamme.

«Io ho pensato. Pensavo. Che stessi qui per me. Per noi. Noi due intendo.»

Lei gli prende una mano, gliela stringe tra le sue.

«Mi dispiace se in qualche modo ti ho fatto pensare questo. Scusami.»

È calato il buio. Su natura e umani.

«Io non ti ho detto cosa faccio, anzi cosa facevo, a Napoli. Io sono una psicologa, ho esercitato per sei anni, poi il dolore...»

«Che hai detto che sei?»

Sembra quasi che un serpente, silenzioso, invisibile in mezzo all'erba, sia arrivato sino a Pietro, e che gli abbia infilato i denti nella carne morbida.

Si tira su di scatto.

«Non ci credo.»

Guarda Gaia con disprezzo.

«Perché non me l'hai detto prima? Eh? Ti sei voluta tenere in allenamento?»

Lei non si aspettava una reazione così violenta.

«Ti ho parlato da amica, non c'entra niente la professione, io non esercito più perché non riuscivo a sopportare il dolore degli altri, ho perso una paziente, una ragazza di sedici anni, sedici. Ma non c'entra niente quello che facevo. Oggi vivo felice, qui, a fare la cameriera.»

«Ma vaffanculo. Te e questo posto di merda.»

Pietro afferra il figlio per un braccio, lo tira su come un peso morto.

Anche Gaia si alza, prova a riprendergli una mano, a ristabilire un contatto, ma lui la spinge via in malo modo. Ci resta male.

«Ho capito. Fatti dire un'ultima cosa. Ti prego. Ho visto tante persone sofferenti. Fatti aiutare.»

«Aiuto da chi? Da quelli come te? L'ultima mi ha chiesto ottanta euro per dirmi che non elaboro la mia situazione, quella di mio figlio, la risposta che non ho dato a lei la do a te. Mi volete aiutare a elaborare? A stare meglio?

Inizia a staccarmi un assegno da centomila euro. Non risolvo un cazzo, ma starò senz'altro più sereno.»

Pietro la guarda con un odio da fare paura.

«Vi riempite tutti la bocca, ma non ci state voi all'inferno.»

Se ne va trascinandosi lo Scrondo.

# VI

«Per cena, direttamente dai migliori surgelatori del Molise, filetti di persico al forno.»

Agata si accorge solo ora del viso di Pietro, è entrato con il figlio al seguito a passo svelto, senza nemmeno guardarla si infila nella sala biliardo.

Lei resta a rimuginare, con i suoi occhi di carbone, da lontano si sente sbattere una porta, è quella della camera dei suoi ospiti.

La rabbia, sentimento disprezzato, non certo da Pietro nei momenti in cui ne produce a barilate, porta con sé inconvenienti spiacevoli, su questo c'è poco da discutere.

Effetti collaterali. Per così dire.

Nei momenti in cui circola furiosa nelle arterie annulla la soglia del dolore.

Le ossa arrivano a spezzarsi, quante falangi, metatarsi frantumati su porte o armadi. Quando scende, come ogni sostanza stupefacente che si rispetti, si torna tra gli umani, e un osso rotto fa male, Cristo se fa male.

Pietro lo sa bene.

Ma il vero guaio è un altro.

La regina rabbia, quando esplode, azzera qualunque principio di valore.

Si ha in mano un telefono?

Si è vicini a un televisore? O computer?

Non importa se si stanno ancora pagando le rate.

E Pietro di cose ne ha distrutte, come le sue mani.

Un osso si ripara naturalmente, al limite resta un poco storto, attorno alla frattura si forma una specie di callo senza che si risaldi veramente, così gli ha spiegato un medico di fronte alla lastra della sua mano.

Ma un computer non è in grado di ripararsi da solo.

E quando è in frantumi, sparso in mille pezzi per casa, c'è un solo rimedio possibile.

Comprarne uno nuovo.

E se si è alla canna del gas?

Il classico cane che si morde la coda.

Rabbia che figlia altra rabbia.

Per fortuna, l'esperienza porta consiglio.

Pietro ha fatto stendere Jacopo sul letto, si volta e afferra il suo materasso, lo tira su e lo appoggia al muro per dritto.

Fa lo stesso a casa.

I suoi sono cazzotti da niente, ha avuto amici che ne tiravano certi da fare spavento. I suoi sono di quelli buoni per piangere, per gridare senza emettere fiato.

Pietro ha trovato il modo di rendere anche la rabbia a costo zero.

Il materasso non si rompe.

Altro vantaggio: assorbe i colpi in silenzio, assoluto.

Cinque, sei, sette cazzotti.

Il fiatone che arriva.

«Mmmmm.»

Si gira verso il figlio.

Gli occhi spiritati, accecati.

Lo Scrondo non lo ha mai toccato.

Mai.

Oltre al danno, ha sempre pensato, pure la beffa.

E poi come si ripara una cosa fallata in partenza?

Il filetto di persico nel piatto.

Agata non eccelle nella presentazione delle sue pietanze, stasera si è superata, in negativo.

Non che a Pietro interessi.

Non ha nemmeno fame.

Ha spezzettato il pesce e avviato lo Scrondo, di solito il figlio non lo ama, ma questo lo sta mangiando senza problemi.

Lui mastica e ingoia, si è imposto di non pensare a nulla, e ci sta riuscendo, nemmeno il sapore di quello che manda giù gli interessa.

«Domani partite.»

Nessuno se ne accorge, ma Agata ha improvvisamente smesso di mangiare, fissa il salone vuoto, il buio oltre le finestre.

Sembra avere paura.

«Sì. Per fortuna.»

Pietro ha finito il suo filetto, si mette davanti il piatto di insalata, non la degna di uno sguardo.

Lei non insiste, si tiene stretta alla sua solitudine senza dire altro.

«Ragazzo.»

La voce maschile fa sussultare tutti.

Tranne Jacopo e la sua assenza.

«Scusatemi, non volevo spaventarvi.»

È il farmacista, sotto il braccio porta un pacco di pannoloni.

«Ho incontrato Gaia poco fa, mi ha detto che la taglia M è piccola per tuo figlio, il pacco aperto te lo tieni ovviamente, ma se l'altro è ancora chiuso lo cambiamo.»

Pietro si tira su all'istante.

«Finisci tranquillo, mica scappo, tanto mi trovi in sala biliardo con gli amici, possiamo scambiarli dopo.»

«Preferisco farlo subito, sia io che mio figlio siamo stanchi, domani dobbiamo ripartire.»

Pietro non lo ammette neanche a se stesso.

Ma la sua reazione è stata una specie di diversivo.

Non voleva mostrare al mondo l'imbarazzo che gli è scoppiato dentro a sentire il nome di Gaia.

Neanche il senso di colpa che sta provando ora vuole mostrare.

Malgrado ciò che è accaduto, malgrado l'abbia offesa, lei si è ricordata di lui, del figlio, si è ricordata dei pannoloni troppo piccoli.

Altri, rancorosi, avrebbero zittito l'altruismo, la generosità.

Si sarebbero fatti gli affari propri.

Lei no.

Lei, come tutto il resto dell'umanità, è migliore di lui.

Pietro si crocifigge.

È bravo a farlo.

«Come vuoi tu, tieniti questi, io vado al biliardo, ti aspetto lì.»

Il farmacista gli consegna i pannoloni taglia L, lui li prende e si avvia.

«Ci metto un minuto, se inizia ad agitarsi lo lasci stare, tanto torno subito.»

Lo dice ad Agata guardando il figlio, rimasto solo al tavolino.

Si avvia verso il bar deserto, lo supera.

Arriva alla sua camera.

La apre e si mette a cercare.

Nella stanza sembra passato un uragano, la sua rabbia è a costo zero, ma disordine ne lascia, eccome.

Prende i pannoloni.
Ritorna sui suoi passi.
Ritrova il farmacista nella sala biliardo, prova con diverse palle a fare buca di rinterzo, senza mai riuscirci.
«Eccoli.»
«Sicuro che il pacco è chiuso?»
«Lo controlli lei se non si fida.»
«Mi fido. Mi fido. Come siete ispidi voi di città.»
Nella sala entrano il sindaco e il vigile urbano.
«Buonasera.»
Il solito sorriso da venditore instancabile.
«Salve.»
Pietro prosegue, più che altro fugge da quella rappresentazione identica a se stessa una sera dopo l'altra, sempre con gli stessi attori, le stesse azioni, attorno a una vita che non cessa mai di essere uguale al giorno precedente, e a quello precedente ancora.
Ha fame d'aria.
È come se la realtà gli si stringesse addosso.
Nella sala ristorante ritrova Agata accanto al loro tavolo.
Ha iniziato a sparecchiare.
Si volta verso di lui, ha gli occhi invasi di pianto.
«Guardi.»
Con una mano, con il palmo aperto, leggera, sta accarezzando Jacopo.
Lui la lascia fare, è teso, dondola come sempre, ma non è infastidito, almeno non sembra, reagirebbe in altro modo, mugugnerebbe, invece si lascia toccare.
Pietro è colpito, finge di non esserlo, non vuole dare peso alla cosa.
«Si è abituato a lei, ecco perché.»
«Quanto è bello.»
Agata non smette di piangere.

No.

Questo no.

Pietro con la pietà ha chiuso.

Jacopo, lo Scrondo, non è bello, né buono né bravo.

Vorrebbe lei, la pietà, tornargli in gola come un fiotto d'acido dallo stomaco.

Ma lui glielo impedisce.

Si domina come il più freddo dei soldati.

Afferra il figlio per un braccio, nel farlo, senza particolare grazia, interrompe Agata e le sue carezze.

«Domani ci aspetta un bel viaggio, ce ne andiamo a dormire.»

Lei si lascia manovrare come un manichino, spossata dall'emozione e dal pianto.

Non dice nulla.

Padre e figlio la lasciano nel ristorante.

La sala biliardo è già invasa di fumo.

Stasera, all'appello, manca l'uomo con naso affilato e baffi spioventi.

«Il nostro amico Giulio è indisposto, è sempre stato cagionevole di salute, vuole unirsi lei, per una partita?»

Il vigile urbano, con il suo cranio glabro, prova a coinvolgere Pietro.

«Grazie, ma domani partiamo, sarà per la prossima.»

Ha risposto senza nemmeno fermarsi.

I tre, come bambini, si guardano sconsolati.

I pannoloni vanno senz'altro meglio.

La taglia M non solo non conteneva, ma era talmente piccola da aver irritato l'inguine di Jacopo.

Pietro, dal borsone, tira fuori la crema allo zinco.

Prima deterge la zona con le salviette umidificate, poi passa la crema, gliene lascia uno strato abbondante.

Richiude il pannolone.

Jacopo ha gli occhi già in viaggio verso il sonno.

Il padre lo copre con il lenzuolo.

In pochi gesti si spoglia.

Si infila pure lui nel letto.

Prende il cellulare, come tradizione vuole, è il momento delle previsioni a Marina di Ginosa.

Almeno il meteo non sembra fare scherzi.

Sole battente e mare calmo.

Butta il telefono sul comodino, spegne la fioca lampadina dell'abat-jour.

Nel buio, come fari accesi, i suoi occhi che fissano il soffitto.

Prova a chiuderli.

Ma non ci riesce.

Sembra quasi che una mano, invisibile, glieli riapra.

Si tira su, un animale dentro una gabbia, si guarda intorno, cercando nemmeno lui sa cosa, un diversivo, una fuga.

Gli viene in mente l'unica scelta possibile.

Va al bagno, apre il rubinetto della doccia.

Il vapore inizia a riempire la stanza.

S'infila sotto.

Cerca esilio nel suo rifugio segreto.

Ma nemmeno lì riesce ad andare.

Si siede, si abbraccia le gambe.

Nasconde il viso tra le cosce.

Visto da così, con la sua magrezza, tutto chiuso dentro se stesso, sembra un bambino invecchiato precocemente.

Un malato, come il figlio.

# ATTO QUARTO

# I

Ogni giorno è nuovo.

Ieri era l'ultimo d'estate.

Ieri l'altro il primo d'autunno.

Oggi è inverno.

La pioggia scende da un cielo grigio scuro, notturno, malgrado sia mattina, le nove.

Pietro è sveglio da un po'.

Ha radunato le poche cose che aveva, messo i panni sporchi nel "kit abbigliamento d'emergenza", accanto al borsone i pannoloni, la crema allo zinco e i fazzolettini umidificati.

Tutto qui.

Le ore di sonno non sembrano averlo ristorato.

Anzi.

La barba nel corso del fine settimana gli è cresciuta, così allungata i peli bianchi prevalgono cromaticamente sui neri, il risultato è quello di un giovane vecchio.

O semplicemente di un uomo di cinquant'anni.

Come si fa a sentirsi uomini di cinquant'anni?

Pietro se lo chiede spesso, perché lui non ci riesce.

Dal 2000, dall'incontro con Bianca, il tempo è passato come una fucilata, all'epoca era appena ventottenne. Anche a guardare lo Scrondo, ancora addormentato, non riesce a capacitarsi che sia arrivato ad avere diciotto anni.

Diciott'anni li ha lui.

O se non proprio diciotto, al massimo venti, venticinque.

Invece ne ha cinquanta.

Ripensa a suo padre, in divisa da poliziotto della Stradale.

Il padre a cinquant'anni era un uomo dritto e piantato come una quercia secolare. Lui, al confronto, è un passero.

Ma suo padre aveva avuto in sorte un figlio normale, un lavoro che gli permetteva di mantenere decorosamente una moglie, morta troppo presto, e una casa. Di mantenere lui, i suoi studi.

Mica gli era toccato lo Scrondo.

E l'appartamento in cui ancora vive, da vedovo pensionato, era dei suoi genitori.

Lui la casa se l'è dovuta comprare, e a finire il mutuo mancano ancora sette anni.

Solo quello divora quasi metà dello stipendio.

Quanti inutili dati di fatto.

Pietro scrolla il figlio.

Jacopo insieme agli occhi apre la bocca, si produce in una specie di sorriso, ebete.

Il padre lo scopre e lo aiuta ad alzarsi, gli controlla il pannolone, lo tasta sul davanti, poi sul didietro, ne scansa un lembo per sentire l'odore che proviene dall'interno.

È ancora buono.

Magari, prima di partire, glielo cambierà.

Lo porta in bagno.

Gli lava il viso.

Jacopo ha sulle guance, il mento, una peluria sempre più lunga e ispida, chiarissima come la pelle.

A breve dovranno iniziare a fargli la barba.

Il bar stamattina è deserto.

La pioggia e l'orario sono la spiegazione più semplice.

Pietro scende con i due borsoni e il figlio al braccio, lascia il bagaglio in un angolo, poi si va a sedere, in attesa che da qualche parte compaia Agata.

Ma non si vede.

Da lontano, in avvicinamento, si sente la sua voce.

«... io ho chiesto di parlare con un tecnico, ma lei ne sa meno di me, io so solo che il frigorifero è ancora in garanzia, se non mi mandate qualcuno smetto di pagarlo, arrivederci.»

Si mette il telefonino nella tasca anteriore del grembiule che porta sempre, li ha tutti uguali, a scacchi, solo i colori cambiano. Questo è bianco e rosso.

Si accorge dei suoi ospiti.

«Buongiorno, preparo il solito, caffè e latte bianco, e due cornetti semplici.»

Pietro risponde con gli occhi.

«Poi, quando ha un attimo, signora, regoliamo il conto.»

«Se vuole anche adesso.»

Lui tira fuori il portafogli, sfila il bancomat, si alza per andarglielo a consegnare.

Agata guarda la carta e alza le spalle.

«Non ce l'ho più il bancomat, mi costava più di abbonamento che altro. In contanti.»

«Come non ha il bancomat?»

«Se vuole le faccio l'elenco di tutto quello che non ho, ma ci vorrebbero almeno due o tre anni. Si faccia portare a Frosolone, immagino che debba pagare anche Oliviero, di certo non si aspetti che lui ce l'abbia, il bancomat.»

Non riesce a trattenere un sorriso di scherno.

«Oliviero non credo che risulti con un'attività ancora aperta, dovrebbe essere pensionato, anche da un bel po'.»

Pietro mette via la carta.

«Intanto vi porto la colazione, poi ci organizziamo per il resto.»

Agata va alla macchina del caffè, inizia a preparare.

Lui torna verso il tavolino, irritato da tutta la questione.

Non appena si siede, se ne rende conto in un istante.

Con il naso respira profondamente.

Non c'è dubbio.

Lo Scrondo ha fatto la cacca.

«Signora, se per lei va bene torno in stanza a cambiare Jacopo, intanto che lei prepara.»

Agata nemmeno si gira dalla macchina del caffè, annuisce con il capo.

Padre e figlio si alzano.

Nello stesso istante si sente aprire la porta.

È Oliviero.

«Proprio di te parlavamo.»

È la padrona di casa ad accoglierlo.

«Spero bene.»

«Il signore, qui, pensava di poter pagare con il bancomat, gli ho detto che né io né te ce l'abbiamo.»

«Il bancomat? Io non ho più nemmeno la partita IVA, anzi, se le serve una fattura posso fargliela fare da un amico che ha ancora l'attività aperta, io poi mi regolo con lui per le tasse.»

«No, a me non serve la fattura, non c'è problema.»

«Bene, allora andiamo con la sua macchina sino a Frosolone, così la proviamo anche.»

«Vado a cambiare mio figlio, il tempo di fare colazione e sono da lei.»

«Perfetto.»

Oliviero si avvia verso il banco dove Agata ha poggiato il suo caffè.

«A lei il caffè glielo rifaccio, ora che va a cambiare Jacopo e ritorna si sarà freddato.»

«Grazie.»

Restano soli, i due paesani, a inseguire con lo sguardo padre e figlio che si inoltrano nella sala biliardo.

«Che croce.»

È Oliviero ad averlo detto, piano.

È bello rivederla.

Dopo tanti anni e migliaia di chilometri, una macchina diventa come una di famiglia.

Pietro alla sua Golf vuole bene.

Ha vissuto tutta la vita da adulto e sposato con il culo sul suo sedile. E lei, a parte il malanno di questi giorni, il disco della frizione consumato, si è sempre mostrata disponibile e obbediente.

Senza chiedere nulla in cambio, a parte il GPL con cui si alimenta, e di tanto in tanto un'aggiunta di olio motore.

Dovrebbe esistere un luogo dove poter sotterrare le macchine fedeli come la Golf della famiglia di Pietro Borzacchi. Con tanto di lapide e foto, alfa e omega.

Lui, mentre Oliviero andava a prendere le chiavi, le ha fatto una carezza.

Le ha sorriso come si farebbe a un cavallo da soma, devoto al padrone e alla sua causa.

«Ecco le chiavi. La provi lei, così mi dice come la sente.»

Pietro monta, Oliviero si vorrebbe accomodare sul sedile accanto al suo, ma lui lo ferma.

«Jacopo a stare dietro soffre il mal di macchina, purtroppo ci si dovrà sacrificare lei.»

«Non c'è problema.»

Mette in moto.

«Mamma mia quanto è morbido il pedale!»

«Naturale, ha una frizione nuova, è tutto un altro mondo.»

La Golf fa manovra, si immette nella rotatoria per scendere verso la valle posta a qualche centinaio di metri più in basso rispetto al paese.

«Sembra un'altra macchina.»

Pietro sorride in direzione di Oliviero, che si prende i complimenti come farebbe qualsiasi uomo che tiene a ciò che le sue mani sanno fare.

«Ho cinquant'anni d'esperienza, ormai le automobili sono tutte elettronica, ma sulla meccanica ci sono pochi che mi possono insegnare qualcosa. E poi non so se ha visto l'ora, gliel'ho riconsegnata anche prima del previsto. Per andare a Frosolone al prossimo incrocio giri sulla destra, queste sono strade brutte, una curva dietro l'altra.»

«Sì, poi con questo tempo.»

I tergicristalli spingono via la pioggia alla loro massima velocità.

Ma in questo momento è talmente forte da rendere la visuale assai ridotta.

«Che tempo da cani.»

«E pensi che qui su, al massimo tra un mese, inizierà a nevicare.»

L'abitacolo sprofonda nel silenzio.

# II

Frosolone è New York City.

Tante strade, negozi.

Qui la civiltà umana ha continuato ad attecchire, a differenza di Sant'Anna del Sannio, dove si è seccata da almeno mezzo secolo.

«Per qualsiasi cosa, pagare una bolletta, un taglio di capelli, oramai sempre qui dobbiamo venire. Paesi come il nostro stanno morendo, la verità è questa, può fare nostalgia, ma non saremo i primi a sparire, né gli ultimi.»

Oliviero guarda fuori dal finestrino, gli occhi verdi passano in rassegna il viavai d'umanità, a piedi, chiusa dentro le macchine.

«Prendere atto delle cose, in fondo l'unica conquista che porta l'età è questa. Smettere di raccontarsi sogni, speranze. Ha ragione.»

Pietro ha preso le parole del suo compagno di viaggio e le ha portate nel suo personale abisso.

«Il bancomat è alla prossima traversa sulla sinistra, come trova da parcheggiare le conviene fermarsi.»

«Ho il permesso invalidi, troveremo il posto di fronte alla banca, almeno spero.»

«È vero, non ci avevo pensato.»

E il posto eccolo, la Golf si ferma.
«Scendo io al volo, voi rimanete pure in macchina, a Jacopo lascio aperto il finestrino, così sente che non mi allontano.»
«Va bene.»
Si avvia, dalla tasca tira fuori il portafogli, poi il bancomat.
Lo inserisce nella fessura dello sportello automatico. Il touch screen chiede il tipo di operazione, poi il PIN.
Davanti agli occhi di Pietro, scritto rosso su bianco:
LA CARTA RISULTA BLOCCATA, CONTATTI LA SUA BANCA PER ULTERIORI INFORMAZIONI.
«Ma che cazzo dici?»
La macchina gli sputa fuori la carta.
Pietro sente su di sé gli occhi di Oliviero. Si gira verso di lui con il sorriso.
«Probabilmente è ancora troppo presto e non hanno ancora risolto l'equivoco. Chiamo la mia banca un secondo.»
Sul retro della carta il numero verde delle informazioni.
Si allontana di qualche metro.
Armeggia con il telefonino, si sente una raffica di notifiche, lui scrive al volo sulla tastiera.
Squilla libero.
«Buongiorno, inserisca il numero della sua carta seguito dal tasto cancelletto.»
È una voce meccanica, senza corpo, a rispondere.
Lui esegue come uno che sa perfettamente cosa lo aspetta.
«Buongiorno, signor Borzacchi Pietro. Prema 1 se vuole...»
Ma Pietro l'anticipa spingendo direttamente il tasto 3.
«Se vuole parlare con un operatore...»
Spinge 1 senza farla finire.

Una canzoncina demente esplode nel suo orecchio, è costretto ad allontanare il telefono tanto alto è il volume.

«Buongiorno, sono l'operatrice 476 e rispondo dall'Albania, come posso esserle utile?»

«Buongiorno, stamattina mi hanno accreditato lo stipendio, ma le carte risultano ancora bloccate, me le può sbloccare, per cortesia?»

«Un momento che verifico.»

Quanto dura un secondo? E un minuto?

Non fa in tempo a dare seguito alla sua stupida riflessione.

«Allora signor Borzacchi, ho appena sbloccato la sua carta, è attiva da subito. Le ricordo che...»

Le attacca in faccia.

Eccolo di nuovo allo sportello.

Lo scrigno dei desideri, questa volta, si apre.

Settecento euro. Trecentocinquanta di riparazione. Trecento di pensione.

Cinquanta rimangono a lui, più i venticinque che ha in tasca.

Settantacinque euro in tutto, una buona parte andranno per il pieno di GPL che dovrà fare per arrivare a Marina di Ginosa.

Prima di terminare l'operazione, com'è suo solito, chiede al touch screen di visualizzare le ultime operazioni passate sul conto.

Ecco il bonifico dello stipendio: milletrecentonovantasette euro.

Il prelievo di settecento che ha appena fatto.

Calcolando che aveva sforato il fido di tremila.

Seicento euro a disposizione.

E il mutuo lo devono ancora addebitare.

E il mese non è nemmeno cominciato.

Lo sportello restituisce la carta e lo scontrino del prelievo.

Pietro mette tutto nel portafogli, assieme alle banconote.

Torna da Oliviero e dal figlio con un sorriso pieno, sereno.

«Ecco fatto. Tutto sistemato.»

Si siede in macchina e accende il motore.

Inizia a fare manovra.

Ha smesso persino di piovere.

Il viaggio di ritorno sembra sempre più breve di quello d'andata.

Pensa a questo Pietro, mentre dallo specchietto retrovisore non smette di osservare Oliviero che lotta contro la sonnolenza. Le palpebre sembrano pesargli quintali, come la testa.

Ma lui si ostina a non cedere.

Lo Scrondo dondola.

Su questo non c'è dubbio.

Dal sedile posteriore una suoneria da adolescenti.

Una specie di fisarmonica, su melodia melensa.

Oliviero scatta, il sonno lo aveva oramai vinto, inizia a tastarsi il giaccone, tira fuori il telefonino.

«Pronto.»

Flebile, lontanissima e incomprensibile, una voce che parla, spiega. Lui ascolta, da assonnato si fa attento, sembra prendere nota di qualcosa di importante. Ragiona mentre il suo interlocutore continua il diluvio di parole.

«Sì.»

È tutto quello che gli esce dalla bocca. Attacca.

«Problemi?»

Pietro ha assistito dallo specchietto retrovisore a tutta la scena.

Oliviero sorride, un poco in difficoltà.

«Lei è sposato, non credo di dover aggiungere altro. Per mia moglie è sempre tutta un'emergenza, manca un litro di latte, ti chiama come se fosse esplosa la bombola del gas.»

Uno sguardo di comprensione maschile.

Arroccata alla sua collina, illuminata da un sole stretto in mezzo a nuvole gigantesche, incombenti, Sant'Anna del Sannio si mostra nella sua piccolezza. Vista da così, nemmeno il cuore prosciugato di Pietro riesce a impedirsi quello che gli occhi comandano.

È bella.

Sant'Anna del Sannio è bella.

Come quei presepi impolverati, buttati dentro scatole riposte in cantina, da anni utili a nessuno.

«Ma non le sembra che slitti un po', dico la frizione?»

«Cosa?»

Oliviero si tira su, si affaccia in mezzo ai due sedili anteriori, tra padre e figlio.

«Sta in quarta, giusto? Provi a scalare in terza.»

Pietro esegue.

«Ripassi in quarta.»

Obbedisce al nuovo comando.

«Devo tirare un poco il filo del pedale, se non ha un orecchio da meccanico non se ne accorge, ma si sente eccome, rischia di grattare quando innesta le marce alte, soprattutto oltre una certa velocità. Ci metto un minuto, ma un lavoro deve essere fatto come si deve.»

«Va bene.»

Il vecchio orologio digitale della Golf segna le undici e mezza.

# III

L'officina di Oliviero, in fondo, è una sala giochi.

La sala giochi di un uomo anziano che continua a smontare e rimontare, come si fa da ragazzini, per arrivare al cuore meccanico, o elettrico, delle cose.

Per capirne il funzionamento.

Solo i più bravi, però, sanno riassemblare. Riparare.

Per molti il lavoro finisce con la distruzione, pezzi sparsi ovunque, buoni solo per il secchio dell'immondizia.

Altri, come figli di un creatore da cui hanno ricevuto il cromosoma dell'immaginazione, e forse della solitudine, arrivano a unire macchine diverse, a inventare dal nulla il nuovo, un nuovo più o meno riuscito. Più o meno utile.

Oppure aberrante, mostruoso.

Oliviero è un dio dai risultati alterni.

Chissà per quale motivo, ha tentato di mettere sotto la scocca di una vecchia Uno i cingolati di un trattore, l'opera giace in un angolo del capannone ricoperta da ruggine e anni. E non sembra aver mai vissuto veramente.

Un'altra invenzione, questa geniale per quanto semplice, è poggiata all'ingresso. Attorno a un decespugliatore a filo, di quelli che mentre tagliano sparano pietrisco ovunque, ha costruito una specie di cupola protettiva, unendo due pezzi di vecchi parafanghi.

Pietro proprio su questa si è concentrato.

«Forte.»

«L'ho fatta per me, quegli attrezzi spaccano i vetri delle macchine come niente, se ti prendono un occhio ti cecano. Gli ho fatto un ombrello intorno, tutto qua.»

Oliviero, inginocchiato a terra accanto allo sportello della Golf, con le braccia allungate sotto la pedaliera del guidatore, risponde senza girarsi.

«Purtroppo qualcosa non mi torna, il filo del pedale è tirato, ma le marce alte continuano a grattare. Devo alzarla.»

«Come alzarla?»

«Eh. Alzarla.»

«Inizia a essere tardi, noi dobbiamo fare ore di strada, vorrei viaggiare il più possibile con la luce.»

Pietro si gratta la fronte, un modo per sfogare l'irritazione.

«È mezzogiorno, io la tiro su e la controllo. Gliel'ho detto anche per l'impianto GPL, questa macchina andrebbe rottamata, ma io c'ho messo le mani e almeno per quel che mi riguarda rispondo con la mia coscienza. Si deve mettere su strade brutte. Il tempo fa schifo. Non lo dico solo a lei. La strada è una puttana. Se non si sta attenti per bene te la fa pagare.»

In effetti, il cielo è tornato a essere posseduto da nuvole enormi, alcune grigie, altre nere, nerissime.

«Va bene. Ma per l'una io devo partire, mi sballa tutta la tabella di marcia, la macchina va bene, l'ho guidata, mi sembra di averglielo detto: fra tre settimane mi arriva quella nuova. Le ho dato i soldi, per me il lavoro è fatto a regola d'arte. All'una partiamo. Intanto vado a pagare il conto della signora Agata, ci rivediamo qui.»

«Da solo non riesco, mi deve dare una mano, certi lavori si possono fare solo in due, chi spinge il pedale mentre io sto sotto il motore?»

Nei giorni sospesi a Sant'Anna del Sannio, comandati da un disco di frizione usurato, tra Pietro e Oliviero è passata più di una volta quella che comunemente tra umani si definisce simpatia.

O forse solidarietà.

Solidarietà maschile.

Ora è scomparsa.

Qualsiasi fosse il suo nome.

A Jacopo succede ancora.

Da piccolo, nel periodo in cui nessuno aveva ancora avvicinato a lui la parola malattia, Pietro e Bianca la prendevano per una sorta di sua speciale concentrazione.

Un dono.

Il loro bambino passava minuti, sempre più lunghi, sino a diventare ore, a guardare il movimento della ruota del triciclo.

Invece di andarci sopra, di galopparci per casa, lui stava lì, immobile, ipnotizzato da quel moto circolare.

Sembrava finirci dentro, totalmente assorbito.

Arrivava a non rispondere al suo nome.

Occorreva chiamarlo due, tre volte prima di ridestarlo.

Mese dopo mese, l'attrazione per quella ruota, da dono della natura, divenne piaga che butta fuori preoccupazione giorno e notte.

Jacopo al suo cospetto si trasformava in uno schiavo.

Aveva solo lei.

Quando la preoccupazione di padre e madre divenne una patologia incisa a fuoco sulla carne, autismo a basso funzionamento, tutto si fece più chiaro.

Pietro prese il triciclo e su di lui sfogò il primo e forse più grande attacco di rabbia mai prodotto in vita sua. Dava pugni al tubolare di ferro del telaio senza sentire nulla, senza capire che il rosso che iniziava a imbrattare gli adesivi infantili che lo ricoprivano fosse il suo sangue. Porta ancora le cicatrici. Poi poggiò il triciclo a un muro e iniziò a prenderlo a calci, come di solito si fa con le tavole di legno che devono essere spezzate per finire nel camino. Dopo diversi tentativi riuscì a piegarlo in due.

Finì nel cassonetto sotto casa.

Fu il primo gioco di una lunga serie.

Tutto quello che in Jacopo risvegliava la sua ossessione al particolare, in realtà tutto quello che faceva fuoriuscire il suo disturbo sempre più invasivo, si buttava lì dentro.

Era il periodo in cui, ancora, padre e madre pensavano che fosse possibile raddrizzare la barca, o almeno convivere con la tempesta, gestendo al meglio le caratteristiche patologiche del figlio. Quando, insomma, la speranza era ancora una pratica concessa.

Una vita fa, tante vite fa.

Jacopo, neonato diciottenne, da almeno quaranta minuti osserva rapito un pezzo di lamiera piegata che il vento fa ballare avanti e indietro. Il rumore che produce quel movimento inutile all'universo è una specie di fischio breve.

A guardarlo ora, agli occhi di un individuo totalmente digiuno di certe malattie, magari uno di quelli fissati con alieni e cose del genere, lo Scrondo potrebbe essere proprio un extraterrestre, e quel pezzo di lamiera, e quel fischio fastidioso, tutto un alfabeto oscuro a noi umani.

Invece no.

Su questo Pietro e Bianca hanno preso vie diverse.

Perché la madre, pur senza poter comprendere, continuando a soffrire, ha accettato che quel figlio potesse essere quel che è, con i suoi riti misteriosi, l'assenza di qualsiasi apparente relazione con gli altri e il mondo.

Ha saputo ricostruire il suo amore attorno alla malattia del figlio.

Il padre no.

Il padre ha iniziato a competerci con la malattia, come fossero due innamorati che corteggiano lo stesso cuore.

E alla fine ha perso.

Il cuore di suo figlio se l'è preso l'autismo a basso funzionamento, bassissimo.

Un innamorato deluso, incattivito, ecco che ne è rimasto.

«Glielo dico, se non tira giù la macchina lo faccio da solo, è l'una passata, basta.»

Pietro si è avvicinato al cric che tiene alzato il muso della sua Golf con gli occhi accesi dalla collera. Oliviero, inginocchiato accanto al veicolo, lo osserva, con la fatica dettata dall'età si rimette in piedi.

«Come vuole.»

Va al cric e spinge il pedale che abbassa il pistone.

«Io ho fatto tutto quello che potevo.»

Oliviero lo dice con il tono di un medico che ha perso il suo paziente.

È rassegnato, preoccupato.

«Finalmente.»

Pietro va a raccattarsi il figlio.

«Se mi dà cinque minuti vado a saldare il conto della pensione, poi partiamo.»

«Vengo con lei.»

Padre, figlio e meccanico si avviano verso il locale di Agata.

Dopo una decina di passi, con gocce grosse, pesanti, inizia a piovere.

Ci mette niente a diventare un temporale.

# IV

Pietro, Jacopo e Oliviero superano l'ingresso del bar come fosse la linea di un traguardo.

Sono mezzi fradici, malgrado abbiano fatto l'ultimo tratto di corsa.

Si fermano per rifiatare, e togliersi l'acqua di dosso, per quanto possibile. Agata, dietro al bancone, li osserva senza dire nulla.

Nel locale c'è solo lei.

Un rumore di passi arriva dalla sala biliardo. È Gaia.

Anche lei guarda i nuovi arrivati in silenzio.

Pietro ha preso atto della sua presenza senza reazione alcuna, ma sperava di non rivederla, mai più. Non perché lo abbia fatto soffrire, i dolori che lo hanno vinto sono ben altri, ma perché è il suo ennesimo fallimento, l'ultimo in ordine di tempo.

«Io ho fatto tutto quello che potevo.»

Oliviero, con gli occhi al pavimento, ripete tristemente le parole spese davanti alla Golf. Ancora ci sta pensando.

«Io ho fatto tutto quello che potevo.»

Lo ripete ancora.

Questa volta guardando in direzione di Agata e Gaia.

«Signora, le saldo il conto, così possiamo partire.»
Pietro ha tirato fuori le banconote da cinquanta euro.
Per sicurezza le conta un'ultima volta, intanto si avvicina alla cassa.
«Ecco qui, trecento euro come pattuito, grazie di tutto.»
Li poggia nel piattino.
Agata non li tocca, i suoi occhi guardano altrove.
Guardano Gaia.
«Pietro.»
È proprio lei a chiamarlo, fa qualche passo in direzione di padre e figlio, sorride, anche se il suo viso è rigido, teso.
«Pietro. Noi sappiamo.»
Lui la osserva senza capire.
«Noi sappiamo. Tutto.»
Scrolla la testa, spazientito.
«Ma che dici? Si può sapere cos'è questo teatrino?»
Gaia gli è accanto, a non più di mezzo metro.
«Pietro. Borzacchi. E Jacopo, Borzacchi. È bastato mettere il tuo nome su Google. Tua moglie Bianca ti sta cercando. Ti stanno cercando tutti.»
«Ma che cazzo dici?»
Lei gli afferra le mani, gliele stringe fra le sue.
«Tu non ti vedi, ma noi sì. Non succederà niente. Ho parlato con tua moglie, è disperata, ma non è arrabbiata con te, sa quanto hai faticato...»
Pietro si allontana con uno scatto.
Nega. Nega con la testa. Con tutto il corpo.
«Te sei una pazza, ti devi far curare.»
Si volta verso Oliviero, attraversato da una specie di lampo.
«Ora capisco, il filo da tirare, tutta una cazzata per farmi perdere tempo, vero?»
Oliviero, senza abbassare lo sguardo, non gli risponde.

«Per i debiti, i problemi dell'alloggio, vi potete trasferire qui, a me una mano serve, ho così tanto spazio. Le cose si risolvono.»

La voce di Agata è crepata dall'emozione.

«Trasferitevi qui. Lo dico davvero.»

Sono i suoi occhi di carbone.

Pieni di lacrime.

Sono quelle lacrime la fine, o l'inizio, di tutto.

«Chi cazzo t'ha detto di metterti a cercare, eh?»

Pietro porta il suo viso a un centimetro da quello di Gaia.

La rabbia gli ha cambiato i lineamenti.

In un istante.

«Non me l'ha detto nessuno. L'ho fatto perché sei un uomo che chiede aiuto, anche se tu non lo sai.»

«CHI CAZZO TE L'HA PERMESSO!»

L'urlo si propaga, attraversa i locali del bar pensione Da Arturo.

«MMMMMMMMMMMMMMM.»

Pietro si volta verso il figlio.

«ZITTO. ZITTO!»

Lui per tutta risposta comincia a dondolare in modo furioso, poi inizia a spostarsi, compie piccoli movimenti avanti e indietro. Una trottola impazzita.

«ORA SEI CONTENTA, VERO?»

Sembra sul punto di avventarsi su di lei. Gaia resta immobile, ha paura, ma non arretra, continua a fissarlo, senza cattiveria, o giudizio. Solo con tanta, infinita compassione.

È Oliviero a muoversi.

«Non t'azzardare.»

Con la sua stazza, si è messo fra i due.

Gli occhi verdi cercano di essere duri, anche se non lo sono, non lo saranno mai.

Quelli di Pietro li fissano al colmo della disperazione umana.

«Pure lei ci si mette. Pure lei.»

Alza la mano stretta a pugno.

Sembra volerlo colpire.

«Io.»

Nulla svuota il corpo, lo annienta di stanchezza, come la rabbia quando svanisce.

«Io volevo solo entrare in acqua.»

Ecco il pianto, che della rabbia a volte è il padre, altre il figlio.

«Ma voi che ne sapete, che ne sapete?»

Sulle spalle di Pietro è calato un peso enorme.

Un peso a forma di croce.

«Io volevo entrare nell'acqua con lui, all'inizio è fredda, ma ci vuole poco, bastano cinque minuti. Non per finire tutto. Per ricominciare.»

Gaia torna ad avvicinarsi.

«E ricomincerete. Magari qui. Tua moglie sta venendo, è partita stamattina, i carabinieri le hanno parlato di una legge che può aiutarti, non sei solo.»

«Sta venendo qui?»

«Sì.»

Come una seconda ondata, a Pietro torna a bollire il sangue.

«Ti dovevi fare i cazzi tuoi. I CAZZI TUOI!»

La spinge via.

Guarda i tre esseri umani che gli sono attorno, sconosciuti sino a qualche giorno fa, è di nuovo accecato. Non è lui a comandare le mani. Gli si stringono a pugno.

Schianta due cazzotti sul tavolino.

«VOI NON CAPITE! IO NON SO PIÙ COME ANDARE AVANTI! SONO CINQUE MINUTI, CINQUE MINUTI AL POSTO DI UNA

VITA INTERA. CI SAREMMO ADDORMENTATI NELL'ACQUA. ABBRACCIATI. AVREI POTUTO SENTIRE LA SUA VOCE, AVREMMO POTUTO FINALMENTE PARLARE, ASSIEME.»

Pietro fissa le sue mani, ancora strette, le avvicina agli occhi, inizia a colpirsi la fronte, con violenza.

«FERMO!»

È Oliviero a bloccargli le braccia. Lui si arresta, guarda l'uomo che ha davanti, ormai è totalmente fuori di sé.

«VOI NON CAPITE. SE LUI NON SARÀ MAI COME ME, IO DIVENTERÒ COME LUI. E POI DI LÀ C'È MIA MADRE, MIA MADRE MI AVREBBE AIUTATO. SENZA PIÙ DOLORE. SENZA PIÙ CONTI DA FARE.»

«Jacopo?»

La voce di Agata, da dietro il bancone, sembra provenire da un'altra galassia.

Pietro non l'ascolta.

Gli altri, invece, si ridestano immediatamente.

«La porta è aperta.»

È sempre lei a parlare.

Gaia corre nella sala ristorante, Oliviero si va ad affacciare in quella del biliardo.

Non c'è.

«È uscito.»

Agata non sembra avere dubbi.

«È uscito.»

Lo ripete in direzione del padre.

Pietro, finalmente, scatta verso la porta.

Fuori, la pioggia sembra voler spaccare la crosta della terra.

La visibilità sarà al massimo di una decina di metri.

Pietro guarda la rotatoria senza sapere dove andare. Che fare.

In pochi secondi è bagnato sino alle mutande.

La salita verso la parte alta del paese sembra essere deserta.

Non può che aver preso la strada in discesa.

È da quella parte che si avvia.

Dopo una ventina di metri, proprio al centro della carreggiata, una scarpa da ginnastica di Jacopo, con gli stretch aperti.

Ma lui non si vede.

Pietro prosegue, arriva a una curva a gomito.

Supera il primo tratto.

Eccolo. Il figlio.

Al centro esatto della curva.

Immobile.

Per la paura. Il freddo.

Avvinghiato a se stesso.

Come sempre. Per sempre.

Pietro si blocca.

Una voce maligna gli rimbomba dentro:

"Fermati. Basta aspettare."

E lui le obbedisce.

I fari di una macchina nera.

Non si vede il conducente.

Quando si rende conto di quel ragazzo dritto in mezzo alla curva, prova a sterzare, ma non ci riesce.

Il corpo vola come una piuma sgraziata.

Atterra ad almeno una ventina di metri, come cosa morta.

«No.»

Pietro scaccia la visione che la sua mente gli ha fatto calare di fronte agli occhi.

«No.»

Riprende a camminare, poi a correre verso il figlio, sempre dritto e immobile in mezzo alla curva.

Dalla parte opposta, un Ducato rosso.

Questo non è una visione della sua mente, questo ha la consistenza della realtà.

Lo guida un uomo, porta un giaccone giallo, da lavoro.

Malgrado la pioggia scrosciante, la visibilità ridotta, Pietro riesce a vedere gli occhi che gli si allargano di fronte al pericolo.

Il muso del furgone si abbassa, in frenata, dentro l'abitacolo l'uomo si aggrappa allo sterzo.

«JACOPO!»

Pietro urla con la voce di tutti i padri.

«JACOPO!»

Ma lui non sente.

La prima volta che lo prese in braccio, sapeva di biscotto, aveva la pelle trasparente, di burro.

«JACOPO!»

Chiede a Dio gambe e braccia lunghissime.

La mano arriva prima della lamiera.

Il furgone si arresta di lato, a non più di un metro.

Padre e figlio cadono sull'asfalto, rotolano sul ciglio della strada, fra sassi ed erba, sotto una pioggia che non smette di scaricare la sua violenza.

E così rimangono.

Abbracciati.

Pietro stretto a Jacopo.

A baciarlo ovunque sul viso, gli occhi.

«PERCHÉ?»

Urla mentre se lo stringe con tutto l'amore che lo infuoca.

«PERCHÉ?»

Verso il cielo che resta muto, come una pelle di tamburo che nessuno è mai riuscito a squarciare.

«Perché?»
Senza più forze, a Dio che vorrebbe pugnalare al cuore.
Oppure risparmiarlo.
Solo a patto che confessi quale ragione può esistere.
Quale disegno resistere.

# V

Non smette di scaricare acqua.

Ne parleranno i telegiornali, di sicuro.

"Da stamattina il Molise è flagellato da una tempesta tropicale."

Qualcosa del genere.

E non sembra voler finire.

Anzi. Truppe di nuvole arrivano dall'orizzonte a dare manforte.

Sant'Anna del Sannio, come ogni santa che si rispetti, ha preso il volere del cielo in silenzio. Con pazienza.

Nel bar pensione Da Arturo il tempo è diventato uno scherzo di carnevale.

Sembra che qualcuno giochi con le lancette dell'orologio piazzato sopra la cassa. Fu proprio Arturo a piantare il chiodo che ancora lo regge.

Agata, Gaia e Oliviero sono schierati sulla porta d'ingresso.

Con l'angoscia a mangiargli il respiro, di chi non sa come andrà a finire.

«Eccoli.»

Gli occhi di carbone arrivano per primi.

Agata si stringe a Gaia, sfinita, felice.

«Sì, eccoli.»
Conferma il suo bellissimo sorriso.
«Sì.»
Oliviero non riesce ad andare oltre.

Per mano, padre e figlio sono apparsi dalla curva.
Pietro ha uno zigomo graffiato, sembra un soldato che torna da una battaglia, con gli occhi che non vorrebbero aver visto.
Jacopo cammina affidandosi alla mano che lo tiene.
Di tutto il trambusto che ha vissuto, la vita messa a rischio, chissà cosa gli è arrivato.
Entrambi tremano per il freddo, non c'è lembo della loro pelle consanguinea che non sia attraversato dalla pioggia, dalla punta della testa a quella dei piedi.
Una Panda dei carabinieri li supera.
Va a fermarsi davanti all'entrata del bar.
Dal sedile posteriore scende Bianca.
Gli anni sanno passare con dolcezza.
Sofferenza e tempo non le hanno cambiato il colore della pelle.
Né la grazia che conquistò Pietro.
I suoi occhi di madre corrono frenetici ovunque, febbrili.
Fissano quelli dei tre sconosciuti.
Agata, Gaia e Oliviero.
Lei si lascia condurre dal loro sguardo.
Eccoli, laggiù, suo marito e suo figlio.
Il turbamento sembra sul punto di farla svenire.
Ma è solo un attimo.
Inizia a correre verso di loro.
Arriva a Jacopo, è più bassa di lui, gli prende la mano e se la mette sul volto, gliela bacia, si aggrappa al suo

braccio come una bambina. A Jacopo si ferma il respiro, inizia a fremere, un gemito, un grugnito di felicità gli allarga la bocca.

Pietro è rimasto a guardare, solo ora Bianca si volta verso il marito, lui sta per dire qualcosa, ma lei lo colpisce, una, due volte, proprio al centro del petto, gli si avventa contro con una furia inarrestabile.

Pietro prova a difendersi.

Poi arrende le braccia.

Chiude gli occhi.

Sì.

È giusto così.

Così sia.

Le gambe gli si piegano, sotto il peso del mondo.

Bianca continua a colpirlo sino a quando glielo permette l'ossigeno nei polmoni.

Piano, stremata, rallenta, sino a fermarsi, sino a cadere pure lei con le ginocchia a terra, di fronte a lui.

Il primo bacio arrivò all'ultimo giorno della vacanza.

La prima volta che fecero l'amore fu la notte del Capodanno successivo, tra la fine del vecchio e l'inizio del nuovo anno, il neonato 2001.

Pietro riapre gli occhi.

Quando la vede, sconvolta, rannicchiata, senza più fiato né forza, vorrebbe uccidersi per come l'ha ridotta.

Si allunga verso di lei.

Bianca l'allontana con l'ultimo grammo di forza.

Lui tenta ancora.

Riesce ad abbracciarla.

Senza che lei ricambi.

Cade il diluvio universale.

Quando Pietro le chiese di sposarlo, quella mattina d'inverno sulla spiaggia di Marina di Ginosa, faceva un freddo da Polo Nord. Al suo "sì" lui non esitò un istante: si tolse i pantaloni e il maglione e si gettò fra le onde.

Ci pensò lei ad asciugarlo, scaldarlo.

Dalla terra, una alla volta, le braccia di Bianca si alzano.

Vanno a stringere Pietro.

Due corpi piegati sull'asfalto.

Così stretti da sembrarne uno.

Dritta, accanto a loro, una sentinella a vegliare sull'altrove.

Jacopo.

Restano così.

La pioggia li lava.

*Ringraziamenti*

A chi tende la mano, senza mai ricevere aiuto, o carezza.
Ai dimenticati che resistono.
A chi è andato giù.

# Indice

Mondadori Libri S.p.A.

Questo volume è stato stampato
presso ELCOGRAF S.p.A.
Stabilimento - Cles (TN)

Stampato in Italia - Printed in Italy